KB008178

숨을 쉬는 이유를 찾고자 떠난 여행의 기록

여기를 떠나면 어른이 될까요?

이 재 휘 지음

대경북스

여기를 떠나면 어른이 될까요?

1판 1쇄 인쇄 2024년 6월 20일
1판 1쇄 발행 2024년 6월 24일

발행인 김영대
편집디자인 임나영
펴낸 곳 대경북스
등록번호 제 1-1003호
주소 서울시 강동구 천중로42길 45(길동 379-15) 2F
전화 (02)485-1988, 485-2586~87
팩스 (02)485-1488
홈페이지 http://www.dkbooks.co.kr
e-mail dkbooks@chol.com

ISBN 979-11-7168-052-8 03810

※ 이 책은 저작권법에 따라 보호받는 저작물이므로 무단전재와 무단복제를 금지하며,
　이 책 내용의 전부 또는 일부를 이용하려면 반드시 저작권자와 대경북스의 서면 동의를 받아야 합니다.

※ 잘못된 책은 구입하신 서점에서 바꾸어 드립니다.

※ 책값은 뒤표지에 있습니다.

왜 저를 낳으셨나요?

자식을 낳아야 하는가?

도대체 15살의 나는 이것이 왜 궁금했는가? 지금 생각해도 너무나도 어린 중학생 때 처음 물은 질문이 오랫동안 이어져와 삶을 괴롭혔다. 태어난 자식은 결정권이 없다. 결혼을 하면 아이를 낳아야 한다는 말은 본인의 더 큰 행복과 결혼 생활을 위해 자식을 낳는 이기적인 선택이라며 부정적인 해석을 던졌다. 자식이 어느 날 자신을 왜 낳았냐고 묻는다면 해줄 말이 없었다.

인생의 작은 질문을 염증처럼 안고 평범하게 살아갔다. 능력과 노력에 비해 욕심이 커서 늘 목표보다는 모자랐지만 뒤처지지 않은 삶을 보냈다. 회사에 취업하기보다는 하고 싶은 것을 하고 살자며 다짐했던 나날들, 간절한 꿈을 찾지 못해 남들과 같이 취업시장에 뛰어들었다. 매년이 최악이고 최고의 경쟁률인 취업 시장에서 교환학생의 경험을 바탕으로 외국계 회사에 골라서 들어가는 호사를 누렸다. 회사 팀에는 영리하고 좋은 사람들이 많아 쉽지 않은 첫 사회생활 속에서도 소소한 행복이 있었다. 회사는 지옥이라며 겁을 주던 말은 다소 과장이라고 느껴질 만큼 괜찮은 나날을 보냈다. 업무가 능숙해지고 생활이 안정될수록 결혼을 해서 아이를 낳고 평범하게 살아가는 미래가 그려졌다. 분명 행복하고 좋은 삶의 모습이었으나 안정이 찾아올수록 염증처럼 남아있던 삶의 질문을 되뇌는 날이 잦아졌다.

후회 없는 삶을 살고 싶었다. 20년 후의 나에게 묻건대 이대로 산다면 분명 후회할 것 같았다. 15살의 자신이 물었던 질문에 대답하지 않는다면, 9살에 처음으로 꾸었던 세계여행의 꿈을 실현하지 않는다면 후일 큰 후회가 남을 것이라는 생각이 눈덩이처럼 불어났다. 현재의 염증은 미래에 큰 병이 될 것 같았다. 가장 안정되고 괜찮은 회사 생활을 하고 있을 때, 이 이상의 안정과 행복이 두려워 사직서를 썼다.

삶은 고통이라는 말이 있다. 대부분의 직장인들은 일주일 중 이틀의 주말을 위해 닷새를 일한다. 휴가와 여행을 위해 일상을 인내하고 집이나 차같이 안정된 삶을 지속할 수 있는 것을 얻기 위해 버틴다. 좋은 회사에 다녀도 스트레스는 누구나 가지고 있다. 취업을 하지 못한 누군가도 고민과 불행이 있다. 재산이 아주 많은 누군가도 나름의 고충이 있을 것이다.

어떻게 살아도 삶에 행복보다 고난이 많다면, 아무리 잘 살아도 후회가 남는 것이 인생이라면, 나는 왜 살아야 하며 결혼을 하고, 새 생명을 부여할 자격은 어디에서 주어지는 걸까?

오랫동안 물어본 인생의 질문을 얻기 위해, 후회하지 않는 삶을 살기 위해, 그리고 꿈을 찾기 위해, 그리고 어른이 되기 위해 여행을 떠나기로 했다.

Contents

Contents

Chapter 3. 향기에는 이름이 없습니다

Chapter 4. 숨을 쉬고 있습니다

Chapter 1

머물지 못했습니다

01. 첫 번째 대화

📍 : 타이페이, 대만

뒤설레는 마음으로 달려오다
되돌아본 어스름한 골목길
어느새 허기지다

북적이는 군중 속, 만두 한 입에
혼자임을 깨닫는다

좋아하는 영화와 애니메이션의 한 장면도
딤섬과 우육면도
그 맛은 홀로 느낄 뿐이다

이렇게 나 자신과 첫 대화를 시작한다

나는 고독해야만 했다. 인생의 풀리지 않는 질문을 찾아 퇴사를 한 답이 없는 상황이고 앞으로 무엇을 하며 살아갈지도 알수 없는 심각한 상황이다. 지금의 선택을 평생 후회할 수도 있다. 미래의 나에게 미안해진다. 그럼에도 나는 지금 설렌다. 역사 속에 등장하는 성인들도 깨달음을 얻기 위해 떠났던 여정의 첫날은 설렜을까?

언제 끝날지 모르는 여행의 첫걸음은 대만으로 결정했다. 이유는 특별하지 않다. 가장 저렴한 비행기 가격으로 가장 멀리 갈 수 있는 나라였기 때문이다. 당장 퇴사한 자의 주머니가 가벼운 것은 아니었지만, 검소하고 겸손하게 출발하고 싶었다. 조촐한 배낭을 메고 집 대문을 나선다. 쌀쌀한 새벽 공기가 몸을 감싸지만 상쾌하다. 정류장 앞 김밥집에서 김밥을 주문한다. 평범한 삶에서 가장 흔한 음식이었던 참치김밥도 당분간은 보기 어려운 음식이 될 것이다. 아쉬운 마음에 평소에는 먹지 않던 중국산 김치도 한 입 맛을 본다.

식사를 마치고 탄 버스에 캐리어가 가득하다. 대부분 짝이 있거나 가족 단위이다. 자리에 앉아 지난밤 뒤척이며 못이뤘던 잠을 보충하니 공항에 금방 도착했다. 버스에서 내려 체크인을 하고 입국장으로 향하는 마음이 복합적이다. 설렜던 마음은 곧 무덤덤하고 차분해진다.

놓고 온 짐은 없을까? 서류나 면허는 잘 챙겼을까? 긴장감 속에 꼬리를 무는 생각에 좀처럼 비행기가 뜨지 않는다. 마침내 이륙한 비행기가 금세 대만에 도착하니 모든 걱정은 사라지고 새로운 세계에 도착한 기분이다. 가벼워진 발걸음으로 호스텔로 향했다. 꽤나 더운 날씨에 땀이 범벅이다. 호스텔에 도착하여 샤워를 하고 거울을 보는데 문득 거울 속의 내 모습이 멋있어 보인다. 아마 퇴사 및 급작스러운 생활 패턴의 변화로 인해 약간의 정신착란이 온 것이라 추정된다. 고개를 절레절레 저어보고는 밖으로 나간다.

아무 계획도 없이 사람이 많은 쪽으로 걷다 보니 시장이 나오고 만두집이 눈에 들어왔다. 점심이 훌쩍 지났는데 먹은 것이 없었다. 여행의 기대와 설렘을 바닥까지 긁어먹다 보니 배고픈 것도 잊어버렸던 것이다. 가판대 앞에 서서 손가락을 치켜들며 자신 있게 말했다.

"이!"

"이, 얼, 싼, 쓰!" 고등학교에서 배운 중국어였다. 공부한 보람이 있는지 주인장이 바로 알아듣고 웃으며 만두를 건네준다. 쓸모없는 배움은 없다는 어느 구절이 스쳐 지나가며 뿌듯했으나 웃은 이유를 생각해 보니 외국인이 우리나라 분식집에 들어와 느닷없이 "일!"이라고 외치며 검지 손가락을 든 것과 같았다. 난데없이 눈치 게임을 시작한 못난 외국인이었음에도 만두집 주인은 바로 알아차리고 만두를 건네준 것이다. 찰나의 뿌듯함과 영겁의 창피함을 얹은 만두 맛은 잊지 못할 만큼 좋다.

허기를 달래고 나니 시끌벅적한 시장에서 나만의 정적이 흘렀다. 혼자였다. 출국 전 설렌 마음이 사라지고 빈자리는 걱정으로 채워졌다. 영화 〈그 시절 우리가 좋아했던 소녀〉의 배경지인 기찻길에서도, 〈센과 치히로의 행방불명〉에 등장하는 배경을 닮았다고 하는 지우펀에서도 설레고 벅찬 마음속에 걱정이라는 바람이 스르륵 지나간다. 무엇을 걱정하는지도 모르는 막연한 마음이었다. 멋진 배경을 보며 감탄 한 번, 뒤돌아서 걱정 한 번.

"잘할 수 있겠지?"

자신에게 묻는다.

오늘 나는 나와 첫 대화를 시작했다.

나도 가끔은 원숭이였다

: 말레이시아, 페낭

태양을 머금은 우거진 숲 속
계곡물이 오아시스다

땀에 절어 지친 마음
우연히 만난 원숭이에게 달래본다

반가워 건넨 인사에
느닷없이 화를 내는 원숭이

내가 뭘 잘못했어? 왜 그래?

상대방 말은 듣지도 않고
화부터 내는 모습

나도 가끔은 원숭이였다

페낭은 인도에 함정이 많아 걸어 다닐 때 조심해야 한다. 구멍이 뚫린 바닥도 많고 가끔은 뚜껑이 없는 하수도도 있다. 발뿐만 아닌 몸 전체가 빠질 수 있는 크기이다. 긴장하면서 걷다 보니 여행가가 아닌 모험가가 된 기분이다. 다만 수많은 함정 속에 보물은 없어 보인다. 바다가 있고 멋진 벽화가 있는 거리도 있는 도시이지만, 나는 모험가이기에 페낭국립공원을 탐험해 보기로 한다.

국립공원 입구는 아스팔트로 잘 포장된 길이 있고 나무가 그늘을 만들어주며 시원한 숨을 쉬게 해주었다. 포장된 길은 길지 않았고 흙길로 시작되는 우림의 첫 발걸음은 고요했다. 우거지다. 습하고 덥다. 앞으로 가다 보면 그림 같은 경치가 기다릴 것이라고 생각한 나는 어리석었다. 국립공원을 탐험하는 동안 단 한 명의 사람도 발견할 수 없었고, 식수가 다 떨어져 계곡물을 마시며 나아갔다. 당장 맹수나 아나콘다가 나와도 이상하지 않을 우거진 숲이었다. 온몸이 땀으로 젖었다. 더위는 더 이상 중요하지 않았다. 뱀이나 벌레떼를 마주하지 않는 것만으로도 감사했다. 우거진 숲을 헤쳐나가면 마주할 굉장한 경치를 기대할 뿐이었다.

한참 걷다 보니 고대하던 안내판이 보이고 바다가 나온다. 아름답다. 아주 절경은 아니었지만 아름답다고 생각하기로 했다. 그렇게 생각하지 않으면 온몸에 젖은 땀이 활활 타오를 것 같았다.

아름다운 경치를 봤으니 이제 충분하다고 자신과 협상했다. 빠르게 끝난 협상 후 곧장 몸을 돌려 입구로 되돌아간다. 여행 중에 한 번 지나온 길로는 되돌아가지 않는 원칙이 있으나, 지금 상황이라면 원칙쯤은 가볍게 무시할 수 있었다. 서울 한복판에 서도 종종 길을 잃는 길치지만, 여기서 길을 잃으면 생명이 위험 해지겠다는 위기의식에 단번에 되돌아 나올 수 있었다. 끝이 있 다는 희망 덕분인지 되돌아가는 길은 긴장 속에서도 한결 마음 이 편했다.

출구에 가까워지자 들어올 때는 보이지 않았던 원숭이 무리가 쓰레기 더미를 뒤지고 있었다. 열대우림으로부터 벗어나 문명으로 돌아왔다는 안도감과 유인원을 만났다는 동질감에 원숭이에게 인사를 건넸다.

"안녕!"

되지도 않는 눈웃음을 섞어 손을 흔들었다. 기대와 달리 원숭이들이 갑자기 우끼끼 화를 내며 다가온다. 당황스러웠다. 여전히 나는 혼자였다.

공격할 기세로 다가오는 원숭이를 향해 몸을 크게 부풀려본다. 하지만 수적 우위를 점한 이들은 더욱 기세 좋게 다가온다. 잠시 뛰어 도망쳐보았지만 달리기도 빠르다. 어떡하지. 마침 길가에 돌멩이가 보인다. 뒷걸음질 치며 돌멩이를 던졌다. 거리가 어느 정도 더 벌어지자 원숭이들이 되돌아간다.

긴박한 전투였다. 손짓이 문제였을까? 안녕이라는 목소리가 위협적이었을까? 아무 적의도 없는 인사였으나 그들에겐 아니었나 보다.

그럴 때가 있다. 미리 답을 정해놓고 생각의 벽을 쌓는다. 상대의 말은 모두 거짓으로 들린다. 귀를 막고 눈을 감는다. 실컷 화를 내고 몰아세운 뒤 오랜 시간이 흐르고 나서야 과거의 아둔함을 오해라는 단어로 포장한다. 후회와 반성은 충분히 늦은 시점에 찾아온다. 시간이 지나 서서히 잊힌 기억은 아주 가끔 스쳐 지나가는 씁쓸함으로 남아 한 번씩 마음을 할퀴고 지나간다.

한두 번 있었던 실수도 아니지만 당장 내일 같은 실수를 반복할지도 모른다. 그리고는 한참 시간이 지나서야 깨닫게 되겠지.

나도 가끔은 원숭이였다.

03. 두근두근

♀ : UAE, 두바이

모래 위에 지은 도시의
모래알보다 반짝이는 택시

검은 정장과 선글라스
베푸는 밝은 미소는
길을 비추는 인도자일까
제물을 바치는 제사장의 기쁨의 의식일까

택시에서 와이파이가 된다
두근두근

인도자가 사탕을 건넨다
두근두근

택시비는 얼마일까
두근두근 두근두근

착륙 전 창문으로 보이는 풍경이 온통 노랗다. 빌딩이나 집은커녕 나무나 강도 보이지 않고 온통 주변이 모래로 뒤덮인 사막이다. 공항 근처가 허허벌판인 사막인데 이런 곳에 도시가 있을 수 있을까 의문이 생길 정도였다. 이질적인 착륙지의 풍경에 조금 긴장이 된다.

여권심사를 하던 중 바로 뒤에 있던 남자가 말을 걸었다. "한국인이세요?" 착륙할 때 낯설었던 사막 풍경 때문인지 다른 때보다 더 반가운 한민족의 목소리였다. 뜻이 맞는 동지가 생겨 용기 있게 공항 밖으로 나왔는데 정류장에 버스가 없다. 기름 부자들은 버스 따위는 타지 않는 것인가? 그렇다면 기름이라고는 얼굴에 흐르는 개기름밖에 없는 동양의 이방인은 어떻게 하란 말인가? 어쩔 수 없이 택시를 타기로 결심하고 동지와 함께 택시를 찾아본다.

택시가 영 보이지 않아 헤매고 있는데 경호원 같아 보이는 남자가 능숙한 영어로 길을 안내한다. 경계심을 잔뜩 갖고 따라가며 말을 들어보았다. 자신을 택시기사라고 소개했으나 아무리 봐도 택시기사처럼 보이지 않았다. 대기하고 있는 차도 보통 택시와는 다르게 머리에 갓도 쓰지 않은 검은색 차였다. 경호원은 문을 열어주며 젠틀하게 탑승을 권유했다.

내 거친 생각은 동행의 불안한 눈빛과 마주치고 그걸 지켜
보던 경호원은 재빠르게 재촉한다. 결국 그 차를 탔다. 다행히
내부에는 정말 미터기가 있었다. 우선 가자. 렉서스의 검은색 차
는 외관보다 내관이 더욱 고급스러웠다. 넓고 질 좋은 가죽시트,
선글라스와 슈트를 장착한 기사에 와이파이까지 가능한 미래문
명의 택시였다. 경호원 같은 기사는 우리에게 사탕을 권유한다.
왠지 사탕을 먹으면 요금이 만 원 추가될 것 같다. 자연스레 거
절한다.

기사는 어차피 한국어를 모르겠지만 동행에게 괜히 속삭이
며 말했다.

"택시비가 얼마나 나올까요?"

"글쎄요. 이 정도면 최소 10만 원은 나오지 않을까요?"

엄숙한 대화 끝에 택시비는
15만 원까지 지불할 용의가 있
다고 결정한다. 공항에서 도심
까지 생각보다 먼 거리, 택시의
고급스러움, 두바이의 고물가를
고려한 합리적인 계산이었다.
절반씩 지불하여 7만 원 정도
에 이런 경험 정도는 나쁘지 않다는 결론을 내리는 동안 사막으
로 뒤덮인 공항은 어디 갔는지 창 밖에는 어느새 고층빌딩이 가
득 차 있다.

그리고 곧 엄청난 크기의 건물이 보인다. 종착지인 두바이
몰이다.

택시비가 과연 얼마나 나올까? 두근두근…. 도로를 지나는
수많은 슈퍼카들은 우렁찬 엔진소리로 우리를 위협한다.

"투 헌드렛 핍티!"

250 디르함? 원화로 계산해 보니 7만 원이 조금 넘었다. 요금을 둘이 나누니 고통은 절반이 됐다. 표정을 숨기고 속으로 안도한다. 우려했던 바가지는 없었다. 한국에서도 이 정도 거리의 택시비면 족히 5만 원은 나올 텐데 생각보다 비싸지 않았다. 물론 기름값이 두 배 이상 저렴하다는 이점이 있지만 그런 것은 잊기로 하자. 우리는 공항 앞 경호원을 택시기사로 인정하기로 합의하며 설레면서도 걱정됐던 마음을 가라앉혔다. 두바이몰로 향하는 발걸음이 가볍다.

대부의 거리에는

◉ : 이태리, 시칠리아

대부의 거리에는 총이 없다
친근한 이들과 술이 있지

대부의 거리에는 배신도 없다
상인의 거래는 정직하지

대부의 거리에는 피가 흐르지 않았다
무지개가 있었지

운 좋은 여행자는 화산을 바라본다

'대부'

명작을 꼽을 때마다 언급되는 세기의 영화이다. 모두가 명작이라고 말하지만 막상 물어보면 제대로 본 사람은 별로 없다. 나이대가 맞지 않아서인지 문화생활이 〈대부〉까지 닿지 않았던 것인지는 알 수 없다. 물론 나도 본 적이 없다.

시칠리아 여행을 결정하고 나서야 〈대부〉의 배경이 시칠리아 섬이라는 것을 알게 되어 비행기에서 〈대부〉를 감상했다. 아카데미의 상을 휩쓸었다는 연출과 스토리를 말할 것도 없고 알파치노의 열연을 보니 왜 명작이라 불리는지 수긍이 갔다. 영화는 마음 깊은 곳까지 인상이 깊었는지 시칠리아 공항에 발을 내딛자 웅장한 대부의 OST가 귀를 울린다. 영화에 잠식된 선입견은 엄한 사람을 마피아로 만든다. 말끔한 정장을 입은 남자의 안주머니에는 총이 숨겨져 있을 것 같고, 수염이 덥수룩한 저 남자의 가방에는 마약이 있을 것 같다. 평소보다 더 많이 두리번거리며 도시로 가는 버스표를 끊기 위해 판매소로 향했다. 판매원은 꽤나 쌀쌀맞다. 〈대부〉의 상인은 차갑다.

어렵게 버스에 탔는데 퀴퀴한 냄새가 난다. 〈대부〉의 냄새인가? 모든 감각을 지독한 냄새에 빼앗긴 채로 창 밖을 멍하니 바라봤다. 멀리 보이는 산이 에트나 화산인 듯하다. 언제 터질지 모르는 활발하고 위험한 화산이다. 〈대부〉의 화산에 조금 겁을 먹은 것도 잠시, 무지개가 올라온다. 선명하고 예쁜 띠였다. 무지개를 보자 몸을 감싸던 〈대부〉의 무거운 기운이 날아가는 것이 느껴졌다. 〈대부〉의 도시에도 무지개가 뜨는구나.

도시는 영화의 무거운 분위기와 정반대였다. 깔끔하고 숙소 직원은 친절했다. 숙소 앞 시장에는 사람이 굉장히 많고 가지각색의 식재료가 즐비했다. 활기찬 시장을 거닐며 시칠리아의 명물인 아란치니를 한입 무니 〈대부〉의 음악이 꺼지고 안드레아 보첼리의 맑은 목소리가 울려온다. 지중해의 맛은 황홀하구나. 시칠리아의 음식들은 대체적으로 굉장히 맛있고 저렴했다. 옛날에 가난한 도시였던 이유로 내장이나 부속

고기를 활용한 요리가 많다고 한다. 유럽에서는 내장 요리를 찾기 쉽지 않았기에 오랜만에 맡는 부속 고기의 향은 정겨웠다.

시장 구석에서 발견한 와인 매장에서 레드와인 한 병을 추천받아 숙소로 가져왔다. 각각 1유로에 매입한 포도와 치즈, 올리브를 거하게 깔아 놓고 와인을 땄다. 치즈 조각 한 입을 함께하니 포도향이 더 진해졌고 올리브를 먹고 마시면 소주처럼 개운해지는 맛이었다. 인상 찌푸릴 필요 없이 음식의 풍미도 높여주면서 취기도 올려주었다.

약간의 취기를 간직한 채 다시 시장으로 나왔다. 〈대부〉의 밤은 화려하면서도 정겨웠다. 활기찼던 시장은 밤이 되니 맥주를 마시러 나온 사람들로 다시 북적이고 음악도 더욱 시끄러워졌다. 시장에서 아시아인은 숙소에서 만난 한국인 형과 나밖에 없었지만 오랜 친구인 듯 무리로 끼워 주고 함께 술을 마셨다. 주황색 옷을 입고 있었는데 같은 색의 옷을 입었다는 이유만으로 술을 사주기도 하였다. 〈대부〉의 사람들은 정이 많다. 신나는 파티가 끝나고 늦은 밤의 골목길을 걸을 때는 다른 도시보다 더 긴장이 되기도 했지만 다행히 아무 일도 일어나지 않았다.

어느 하나 부족한 것이 없는 시칠리아의 밤이 지나고 강한 햇살에 눈을 뜨자마자 머리가 지끈 아파왔다. 여행 중에는 흔치 않은 숙취이다. 와인과 위스키를 마시다 보니 주량을 계산하지 못한 것이었다. 숙취를 해소할 거리가 없어 파스타 집을 찾았다. 콩나물 해장국을 찾지 않고 파스타를 먹으러 온 모습이 강인한 시칠리아인이 된 것 같아 흡족하다. 파스타를 먹고 해장이 되자 한 번 더 뿌듯해졌다. 나의 뿌리는 먼 옛날 로마로부터 온 것이 아닐까라는 생각이 드는 것을 보니 술은 아직 덜 깬 것 같다.

맛있게 먹고 계산을 하는데 가격이 생각보다 꽤 비싸다. 부가세가 높은가 싶어 구글지도에 있는 메뉴의 가격을 확인해 봤다. 눈에 들어오는 리뷰가 하나 있었으니 가격을 올려 받는 사기가 빈번한 가게라는 리뷰였다. 계산을 받던 할아버지는 실수였다고 가격을 정정해 주었다. 밖에 나와 리뷰를 찬찬히 읽어보니 관광객을 대상으로만 벌이는 상습적인 사기라는 것을 알 수 있었다. 〈대부〉의 상인들은 정직하지만 파스타집에서만큼은 방심은 금물이다.

"절대로 거절하지 못할 제안을 하지. 시칠리아에서 올리브와 와인을 마시고 파스타로 해장을 하시게."

05. 해는 매일 떴지

♀ : 미얀마, 올드바간

오랜만이오
매일 오고 가셨거늘
무엇이 망망하여 몇 해 만에 찾아왔소

함께하는 날, 늘 지복이니
오늘 하루도 눈이 부실 님이여
종종 인사하러 오겠소

주어진 것에 감사하려는 마음은 늘 노력해도 쉽지 않다. 불같이 뜨거운 여름에 시원한 에어컨이 있다는 것, 얼음장 같은 겨울에 따뜻한 물로 샤워를 할 수 있다는 것은 그것이 결핍됐을 때 상상 이상으로 감사한 일이 될 것이다. 고된 하루가 끝나고 좋아하는 음식에 하얀 거품이 가득한 맥주 한 잔을 들이킬 수 있다는 것이 현대사회에서는 큰 이벤트는 아니지만 아주 행복한 일이다. 이토록 문명의 혜택을 넘어 공기와 물 같은 자연이 부여한 당연한 조건 중 한 가지라도 없으면 불편하고 살아가기 어렵다는 것을 알지만 늘 망각하는 것이 인간이다.

마지막으로 본 해돋이가 언제였을까? 어릴 적 해돋이의 추억은 어렴풋이 있지만 성인이 된 이후에는 보러 간 적이 없었다. 군대에서 새벽 근무로 인해 우연히 본 적은 있었으나 정월에 해돋이를 보기 위한 여행을 한다거나 일찍 일어나는 노력 등은 따로 하지 않았다. 해는 매일 뜨니까. 매일 뜨는 해는 내일도 모레도 볼 수 있으니 오늘 꼭 볼 필요가 없는 것이었다. 에어컨과 시원한 맥주에 감사한 적은 있었지만 해가 뜨는 것에 감사한 적은 없었다. 해돋이를 보지 않는 사람이 된 것이다.

　　미얀마의 올드 바간은 도시 전체가 사원과 숲으로만 이루어
져 있다. 빌딩이나 현대식 건물은 전무하다. 오로지 숲과 사원만
끝없이 펼쳐진다. 서로가 더 큰 키를 자랑하며 서로의 햇빛을 막
는 여느 도시와는 다르게 올드바간에서는 모든 곳에서 해를 볼
수 있는 평등함이 있다. 너그러운 도시에서 해돋이를 보고자 새
벽부터 전기바이크를 타고 사원으로 향했다.

　　동남아 국가에서는 대부분 오토바이를 많이 탄다. 여행자들
도 오토바이를 자주 대여하는데, 편리하지만 매연이 많이 발생

한다. 올드바간은 특별하게도 전기바이크만 대여할 수 있다. 조용하고 매연이 없어 일반 오토바이보다 굉장히 친환경적으로 느껴졌다. 너그럽고 자연친화적인 올드바간의 매력에 더욱 빠져들 무렵 갑자기 배터리가 방전되었다. 잠시 마음이 식는다. 하지만 금세 빠지는 사랑보다는 천천히 스며드는 애정을 더 선호하므로 마음을 진정시키고 대여업체에 전화를 걸었다.

새벽임에도 불구하고 다행히 대여업체에서 전화를 받았다.

새 오토바이를 빠르게 보내
줘서 해가 뜨기 전에 사원
에 도착할 수 있었다. 서둘
러 오른 사탑의 꼭대기에서
는 올드 바간의 모든 사원과
숲이 한눈에 들어왔다. 같은
풍경에 지루해질까 봐 올라

오는 해가 색을 바꾸며 사원을 비춰준다. 숲을 본다. 하늘은 본
다. 해를 본다. 저쪽 사원에서도 우리를 보고 해를 볼 것이다.
모두가 평등한 풍경을 누린다. 늘 등한시했던 일출은 사진으로
담지 못할 만큼 아름답다. 시원한 아침 공기와 따스한 햇살이 멀
리서부터 다가오는 감각을 느끼며 마음이 트인다. 이렇게 아름
다운 것을 오랜 시간 잊고 살았다.

　　매일 뜨고 지는 해. 무엇이 바쁘다고 몇 년이나 찾아오지 못
했는지. 가끔씩 찾아오겠습니다.

파리

: 모로코, 낯선도시에서

사막 가는 길
창문에 동석하는 파리 한 마리

용기 있는 그대에게 찬사를 보낸다
모든 것을 내려놓고
겁도 없이 앞 모를 여행을 떠나는구나

버스의 종착지
그대는 알았을까
알았다면 버스에 탔을까

지난날 회사생활은 나름 행복했다. 분명 여느 직장인처럼 출근은 피곤하고 월요일이 싫었다. 회사가 본가와 멀어 일요일 밤마다 경부고속도로를 타고 돌아가는 기분은 휴가에서 복귀하는 이등병처럼 울적했다. 하지만 시간이 지날수록 익숙해졌고 업무 능력이 향상될수록 직무는 적성에 맞아갔다. 일요일 밤의 고속도로도 더 이상 울적하지 않았다. 점점 비중 있는 일이 맡기 시작하며 일하는 가치를 존중받는 느낌이 좋았다. 무엇보다 돈을 벎으로써 어른이 되기 위해 필요한 열 가지 중 한 단계 정도는 끝낸 것 같았다.

그러나 어른이 되기 위해, 내가 '나'가 되기 위해 회사생활만
으로는 부족했다. 부족하다고 예단했다. 알 수 없던 결핍은 정해
진 미래를 받아들일 준비가 되지 않은 자신에서 오는 것이었다.
왜 태어나 무엇을 위해 살아야 하는지에 대한 근본적인 질문은
어릴 적 꿈이었던 세계여행까지 이끌어 내었다. 해답을 찾기 위
해 세계여행을 택한 대신에 회사와 사회가 주는 것을 놓아야 했
다. 돈, 집, 차, 그리고 가족을 꾸릴 미래.

평범한 인생을 던져놓고 여행을 떠나 온 지금은 모로코의 어느 시골에 정차해 있다. 사하라 사막으로 향하는 버스는 벌써 5시간은 족히 달렸지만 지도를 보니 반도 오지 못했다. 지루함에 기지개를 켜고 멍하니 창밖을 보고 있는데 버스에 파리 한 마리가 들어온다. 아마 버스의 퀴퀴한 냄새가 마음에 들어 끌려

왔을 것이다. 아니면 파리도 정해진 미래를 버리고 새로운 여행을 떠나고 싶었던 것일까? 파리는 유리창에 앉아 햇살을 받으며 그만의 향긋한 향기를 즐긴다. 곧 문은 닫힐 것이며 버스는 사막의 도시인 메르주가까지 5시간은 더 달릴 것이다. 창문에 앉은 파리는 아직까지 나름 편안해 보인다.

단 한 번의 선택으로 파리는
고향을 떠나 미지의 세계로 떠
났다. 중간에 멈출 수 없으며 되
돌릴 수도 없다. 파리로서는 도
착지가 어디인지도 알 수 없겠
지? 한 번의 선택으로 평범한
삶에서 빗겨나가 미지의 세계로
떠나버렸다. 미래는 알 수 없고
무슨 일을 할지, 어떻게 될지 알
수 없다.

버스의 종착지가 사막이라는 것을 알았다면 파리는 버스에
타지 않았을까? 이렇게 멀리 떠나간다는 것을 알았다면 진작에
버스에서 내렸을까?

나는 지금 파리다.

07. 튤립 같은 사람에게

♀ : 네덜란드, 쾨켄호프

멋짐을 말하지 않고 그저
입을 모았다

더 활짝 핀 모습으로 뽐낼 수 있음에도
튤립은 입을 모았다

꽃도 아닌 것이 꽃인 양 떠들던
봉오리는 입을 모았다

꼭꼭 숨겨도 풍취가 흐르기에
튤립은 잎을 모았다

  5월의 네덜란드는 튤립의 축제이다. 농장에는 가지각색의 튤립이 셀 수 없이 피어있고, 정원에는 잘 다듬어진 나무 사이로 가장 예쁜 튤립들이 조화롭게 진열되어 있다. 이토록 많은 튤립은 물론 한 송이도 제대로 보는 것은 처음이다. 튤립은 신기하다. 일반적으로 꽃은 잎을 활짝 펼쳐 자신의 예쁨을 온 세상에 알린다. 최대한 화려하고 예쁘게 보이도록 자신을 자랑하여 벌과 나비를 유혹하고 열매를 맺는다. 튤립은 다르다. 긴 시간을 기다려 마침내 꽃을 피웠으면 다른 꽃처럼 활짝 펼쳐 자신을 자랑할 법한데 튤립은 꽃잎을 모으고 있다.

사람 중에서도 튤립 같은 이들이 있다. 예쁜 꽃잎들을 활짝 펼 수 있음에도 옹기종기 모아 꽃술을 감싸고 있는 튤립처럼 자신을 뽐내지 않는다. 튤립이 아무리 잎을 모으고 웅크려도 새어 나오는 향기를 막을 수 없듯 튤립 같은 이의 매력은 숨길 수 없다. 그들은 말보다 행동이 앞서고 결과로 보여준다. 자신의 목표를 차근차근 이루어 나가며 목표를 이루어 꽃을 피워도 잎을 모은 채 여전히 겸손하다. 꽃잎을 활짝 펴 아름다움을 말할 수 있음에도 자신의 입을 모아 더 매력적이고 아름답다. 이들은 대부분 서글서글하지만 우둔하지 않고 택언에 신중하다.

나는 성격이 외향적이고 장점을 적극적으로 보여주는 편이
다. 아직 꽃도 아닌 것이 수선화처럼 잎이 활짝 피다 못해 꺾일
정도로 활짝 피어 보이도록 노력했고 향기가 나길 바랐다. 물론
수선화 같은 꽃을 좋아하는 이들도 있었다. 하지만 그들이 나를
좋아할 때 나는 더 이상 그들에게 보여줄 것이 없었다.

수선화가 잎을 모아 꽃을 피울 수 없듯 사람마다는 기질이
있기 때문에 자신이 튤립 같은 사람이 되기 어렵다는 것을 알고
있다. 튤립은 될 수 없을지언정 보잘것없는 풀잎으로 꽃인 척하
는 사람은 되지 않기를 소망한다. 잎을 모아도 향이 나던 튤립
같은 당신을 동경한다.

08. 모나리자

📍 : 프랑스, 파리

　랜드마크의 힘은 위대하다. 박물관 기피자의 손에는 어느새 루브르 박물관의 입장권이 쥐어져 있다. 입장료도 어떤 박물관보다 비쌌지만 선뜻 지불하고 입장했다. 훨씬 비싼 입장료만큼 루브르 박물관의 규모는 남다르다. 고대 이집트와 로마시대를 거쳐 조선의 유물까지, 명성대로 세계의 모든 것을 모아놓았다.

상당수가 훔쳐오고 뺏어왔다는 사실은 알고 있었으나 더 큰 감탄과 흥을 위해 잠시 망각하기로 했다. 책이나 인터넷으로나 보던 유명한 작품들을 실제로 마주한다는 것이 신기했다. 어느 부분이 대단하고 어떤 점이 잘 만든 것인지는 잘 구분할 수 없었으나 대작 앞에 모인 사람들로 하여금 대단하다는 것이 느껴졌다. 박물관은 하루 동안 다 돌기에 모자랄 정도로 거대했다. 작품들

을 대충 훑어봤는데도 아직 절반이나 남았다. 오늘 하루 다 보기엔 무리라고 판단하고 더 지치기 전에 박물관의 하이라이트인 모나리자를 찾아갔다. 평화로웠던 사진과는 달리 백 명은 족히 넘어 보이는 인파가 모나리자를 구경하며 사진을 찍고 있다.

힘들게 인파를 뚫고 앞까지 도달하여 힘겹게 마주한 모나리자. 어느 각도에서나 눈을 마주친다는 모나리자였지만 나의 눈까지 마주치기에는 사람이 너무 많았나 보다. 모나리자의 눈이 닿질 않는다. 가장 유명한 작품이기에 오랜 시간 지켜보았다.

아는 만큼 보인다더니 아는 것
이 없어서 그런지 보이는 것이
별로 없다. 미련 없이 발걸음을
돌렸다. 이어폰을 꽂고 조용필
의 〈모나리자〉를 틀었다.

'정녕 그대는 나의 사랑을
받아줄 수가 없나'

　모나리자가 정녕 조용필 선생님의 사랑을 받아줄 수 없었던
이유가 사뭇 이해가 간다. 사랑을 받아주기엔 항상 너무 많은 사
람이 지켜보고 있다. 루브르 박물관이 불타 사라질 때까지 평생
을 전시되어 있을 것이란 말을 들으니 씁쓸한 마음도 든다. 누군
가는 세계의 걸작을 마주하고 감명 깊었을 것이다. 아는 만큼 보
인다고 했는가. 미술의 문외한에게는 그저 사람이 북적이는 초
상화였고 조금은 불쌍한 여인이었다.

09. 고난은 커피에서 올 수도 있어

아프리카의 신선한 원두
갓 짜낸 커피 한 입

맛이 없다

실망한 마음보다 빠른
바리스타의 엄지손가락

줄지 않는 커피, 침묵하는 얼음

타인의 기대에 반드시 부응하고 싶은 소소한 순간들이 있다. 가득 찬 생일주를 한 입에 다 마시길 기다리는 친구들, 주문한 메뉴의 통일을 원하는 식당 사장님, 집에 어서 돌아가기를 바라는 마감 전 카페의 종업원 등, 그들의 기대에 실망시키지 않고자 자신을 희생할 때도 있다. 독하고 맛없을 생일주를 한 번에 비웠다. 생선구이를 먹고 싶었지만 제육볶음으로 메뉴를 통일했다. 아직 온기가 많이 남은 레몬차를 데낄라 마시듯 한입에 털어 넣다가 혓바닥을 데고 성급히 자리를 떴다.

르완다의 커피 원두는 고급진
품질로 명성이 높다. 르완다에 도착
하여 가장 먼저 방문한 곳은 음식
점이 아닌 카페였다. 카페 안에서
는 큰 기계에서 원두를 직접 볶고
있었으며 물가에 비하면 가격도 꽤

비싼 곳이었다. 본토의 분위기에 매료되어 큰 기대를 품고 시원
한 아메리카노를 주문했다. 미국의 복싱 선수를 닮은 듯한 바리
스타의 날렵한 미소와 전문가로 느껴지는 손놀림에 한껏 기대가
부푼다. 아프리카의 단골 질문인 "북한에서 왔냐?"라는 질문을
시작으로 짧은 대화를 나누는 동안 완성된 아이스 아메리카노에
는 진한 검은색 커피 위에 약간의 하얀 거품이 올라와 있다.

'아아! 이것이 아프리카의 최고급 원두로 만든 커피인가!'

눈을 감고 크게 들이켰다. 마시자마자 인상이 찌푸려졌다.

'세상에나! 아메리카노에 시럽이 들어가 있다. 아메리카노가
아니고 아프리카노인가?'

세상에서 가장 싫어하는 음식 스무 가지를 뽑으면 18위쯤에
있을 시럽 넣은 아메리카노였다. 인상을 찌푸리며 바리스타를
쳐다보는데 바리스타가 이미 나를 지켜보고 있다. 자부심이 가

득 찬 눈빛과 함께 그의 엄지가 치켜 올라간다. 따봉이었다. '내가 내린 커피는 고급원두로 만든 대단히 훌륭한 커피이며 남쪽인지 북쪽인지는 모르겠지만 아무튼 아시아에서 온 당신은 평생 처음 맛보지 못했을 진정한 본토의 맛이다.'라는 의미를 함축시킨 엄지손가락이었다. 찌푸린 나의 인상이 그에게는 세상에 이런 훌륭한 커피가 어디 있냐며 감탄의 표정으로 보였을 것이 분명했다.

용광로에 들어가는 터미네이터처럼 나도 모르게 엄지손가락이 올라간다. 따봉의 의식이 끝나자 커피를 다 마셔야 하는 속박의 굴레가 채워진 것을 깨닫는다. 아직 반이나 남았다. 단맛보다 괴로운 것은 마신 후 혀에 남아있는 단 향의 찌꺼기였다. 당장 양치를 하고 싶었다. 하지만 우리는 따봉의 의식을 함께 올렸기에 묵묵히 커피를 다 마시기로 결심한다. 바리스타를 실망시키지 않을 것이야. 커피를 반드시 다 마셔 그의 기대에 부응할 것이다.

때로는 삶의 고난이 예상치 못한 곳에서 오는 것임을 깨닫는다. 누군가의 기대에 부응하는 것이 쉽지 않은 일임을 깨닫는다. 명성에 크게 기대하면 실망할 수 있다는 것을 깨닫는다. 깨달음이 많은 것을 보아하니 설탕을 넣은 아메리카노가 어지간히 싫은가 보다.

: 폴란드, 그단스크

알 수 없는 가수의 레코드
낡은 체스판
닳아버린 신문 쪼가리

그리고 소녀

반갑다, 고운 소녀.
건강하신가요, 할머니.

여행을 할 때 박물관이나 미술관에는 잘 가지 않는다. 예술적 지식과 흥미가 낮은 야만인에게는 어느 순간 대부분의 박물관이 비슷하다고 느껴졌기 때문이다. 고대 유적, 전쟁 무기, 전통 의상 등 비슷한 틀의 다른 양식을 가진 각각의 문화를 모두 알기엔 얕은 지식과 낮은 관심이었다. 파리의 루브르 박물관은 그대가 알고 있는 모든 문화를 비교하라는 듯 전 세계의 문화를 넣어뒀었다. 이러한 배려에도 벼락치기를 한 학생처럼 퇴관 후에는 머리에 남는 것이 많지 않았다.

평소와 같이 심심한 대화를 홀로 나누며 항구를 걷고 있던 중 갑자기 마음이 들떴다. 혼자 여행을 하다 보면 이유 없이 기

분이 좋아지고는 한다. 명확한 이유는 아직 밝혀내지 못했다. 그저 들뜬 마음을 즐기기로 한다. 한껏 오른 기분에 어디든 가보고 싶은 곳이 생겨 지도를 찾아보니 도시 근처에 〈제2차 세계대전 박물관〉이 있어 찾아갔다.

박물관은 깨끗하고 최신식으로 보인다. 들어가자마자 웅장한 전쟁무기와 탱크 등이 호기롭게 반긴다. 한편에는 사망자 사진 및 군인들의 유품이 전시되어 있는 것을 보며 조금 숙연해진다. 이곳에 오길 잘했다

Kim Soon Duk, „Uprowadzenie"

| Kim Soon Duk, Abduction

고 만족하는 중에 한 소녀가 눈에 들어왔다. 그림 속에서 누군가에게 끌려가고 있는 소녀였다. 설명을 읽어보니 놀랍게도 일제의 종군위안부 운영 사실을 알려주는 그림이다. 전시된 규모가 꽤 크고 다양하여 한국인이 아니어도 방문한 모든 사람이 충분히 관심 있게 보고 곱씹을 수 있는 정도였다.

그림 옆에는 위안부의 할머니의 인터뷰를 담은 영상이 있다.

타지에서 뵈니 반가우면서도 앞서 숙연했던 마음이 다소 암연해진다. 한국에서는 뉴스에서만 보던 것이었다. 〈제2차 세계대전 박물관〉에서 우연히 만난 소녀는 들떴던 마음을 가라앉혀 주었다.

자신과의 대화를 다시 이어나갈 수 있도록 내면에게 말을 걸어주었다. 여행을 할 수 있는 것도, 자신과의 대화라는 사치를 부릴 수 있는 것도 우리나라가 평화롭고 그중에서도 운이 좋은 사람이기 때문이다. 많은 나라들이 내전과 테러 등으로 여전히 고통받고 있다. 현재도 전쟁의 소용돌이에 살고 있는 그들을 위로해 본다. 또한 뒤를 돌아볼 수 없던 전쟁의 시대에서 싸우고 이겨낸 이들에게 감사하며 그로 인해 희생당한 이들을 추모하는 시간을 가져본다.

브리지 앞에서의 일기

♀ : 영국, 런던

재를 머금은 구름
호그와트 정류장에서 발걸음을 잠시 멈춘 셜록

런던 아이가 나를 바라봐
빅벤의 시계는 보이지 않아

해가 지면 길을 여는 다리
귀를 스쳐 지나가는 팅커벨

레이첼 맥아담스를 찾아 방황하는 자
눈을 굳게 감아도 돌아가지 않는 시간

셰익스피어에게는
비극일까 희극일까

우중충한 날씨와 대비되는 깔끔한 거리. 영화에서 보다 보니 집 앞처럼 익숙한 도시 풍경. 일찍 퇴근하여 스탠딩 바에서 맥주를 즐기는 정장 차림의 모델 같은 회사원들. 런던도 사람 사는 곳이라 슬픔과 괴로움이 없겠냐만 겉으로 보이는 모습만은 완벽하다. 어찌나 다들 멋진지.

그들의 일상생활을 탐하며 베이커 스트리트로 향한다. 셜록 홈스의 집이 있는 거리이다. 납치를 당해도 셜록이 구해줄 것이므로 걱정이 없다. 괜히 지나가는 사람의 옷과 피부를 훔쳐본다.

'음, 저 학생은 외투에 억센 털이 있는 것을 보니 집에 고양이를 키우고 있군.'

'저 남자는 걸음걸이가 곧고 눈빛에 자신감을 넘치는 것을 보니 자존감이 높은 사람이겠어.'

정답 없는 탐정놀이에 잠시 빠진다.

벤스 쿠키에서 초코맛 쿠키를 하나 사 들고 킹스크로스 역으로 이동하였다. 호그와트로 가는 정류장이 역 근처에 있기 때문이다. 정류장에 도착하니 이미 다른 머글들이 길게 줄을 서있다. 30여 분을 기다려 차례가 왔고 카트를 힘껏 밀었다. 마법세계로 들어갈 수 없었다. 속상하다. 나도 머글이었던 것이다. 기념품 점

에서 지팡이를 하나 구매하고 외쳐보았다. "스투페파이!" 다행히
아무 일도 없었다. 내가 마법사였다면 누군가는 기절했을 것이다.

　빅벤이 보인다. 이름을 모르는 클래식 음악이 마음속에서 장
엄하게 울린다. 빅벤을 지나치고 한참이 지나 어느 다리를 지나
는데 강 건너편 다리가 개방된다. '저곳이 타워브리지구나'. 다리
가 열리는 알맞은 타이밍에 맞춰 온 것에 운이 좋았다고 생각하
는 순간 날벌레인지 파리인지 모를 벌레가 귀를 스쳐 지나간다.
다시 생각해 보니 팅커벨이었던 것 같다. 다리 위에 바람이 상당
히 많이 불었기 때문에 벌레는 날 수 없는 환경이었다. 팅커벨이
확실하다.

해가 지고 야경이 펼쳐졌다. 〈이프온리〉의 남주인공이 되어 런던아이를 지난다. 물론 제니퍼 러브휴잇은 없다. 어느 바에서 노래를 부르고 있을지도 모르지만 그녀를 찾기보다는 〈어바웃타임〉의 레이첼 맥아담스를 찾는 것이 더 나을 것 같다. 조금 더 걸어보았지만 특별한 것이 없었다. 시간을 되돌리는 편이 낫겠다 싶어 타워브리지를 생각하며 손과 엉덩이에 힘을 주고 눈을 꼭 감았다. 눈을 떴지만 그대로이다. 아, 경주 이씨 가문은 시간여행 능력이 없구나.

숙소에 돌아와 하루를 정리해 본다. 영화 속 이들과 종일 걸으며 대화를 한 하루였다. 다리에 느껴지는 뻐근한 통증이 호젓한 감정과 어우러져 타고 올라온다. 혼자 하는 여행은 편하고 느끼는 것이 많아 좋아하지만 가끔은 오늘같이 대화 상대가 그리울 때가 있다. 특히 도시나 영화의 한 장면을 지나칠 때면 더욱 그렇다. 영화나 드라마 이야기를 누군가와 함께 나누면서 평범한 거리에서 사진을 찍을 수 있었다면 더욱 좋은 여행이 되었을 것이다.

오늘은 나와 대화하고 싶지 않은 날이다.

12. 줄줄

📍 : 베트남, 다낭

너무 더워 슬프다

눈물로는 모자란 슬픔에

줄줄,

목에서 등에서 팔에서

온 몸으로 운다

뼛 속을 꿰뚫던 지난 날의 싸늘한 감각이 그리워

팬티까지 젖도록 나는 운다

줄줄줄

♀ : 모로코, 메르주가

광활한 사막에 발끝도 닿지 못했건만
햇볕은 가슴까지 태우고
엉덩이는 뜨겁게 끓는다

낙타를 이끄는 어린 소년의 뒷모습이
다만 사막처럼 거대할 뿐이다

그의 모험은 말이다
거친 사막이 아닌
놀이터의 모래성이었다

그의 투쟁은
모래 폭풍이 아닌
조금 불편한 낙타의 안장이었다

겉으로는 태양처럼 뜨거웠지만
속은
서늘하다 못해 싸늘해진
깊은 밤의 모래알이었다

사하라 사막에 오면 낙타를 타
고 사막 여행을 해야 한다. 산 정상
에 오르면 들숨을 크게 들이켜 맑은
공기를 마셔야 하고 바다에 가면 바
닷물에 발을 담가보듯 사막과 낙타
는 필연적으로 이어진 과정이다. 사
막 앞에서 처음 마주한 낙타는 생
각보다 거대하다. 낙타 투어가 동물

혹사이지는 않을까 하는 걱정도 잠시 스쳤으나 통통한 외형과 깨끗하고 흰 낙타를 보니 안심이 된다. 안장에 오르면 무릎을 꿇었던 낙타를 힘차게 일어나는데 이 역시 생각보다 높고 거칠다. 꽤나 혹독한 승차감에 당황했지만 낙타와 함께 사막에 진입하는 몇 걸음에 가슴이 벅차오른다. 역경이 가득할 긴 모험을 떠나는 기분이었다. 황토색 지평선을 향해 나아가는 감동을 즐기며 사진을 찍었다.

낙타를 타고 가다 보니 수직으로 내리꽂는 태양빛에 몸이 뜨거워진다. 선선한 바람이 불어오지만 강력한 태양을 이겨내기에는 역부족이다. 낙타에서 잠시 내려 사진을 찍는데, 오전 내내

햇빛과 몸을 부빈 모래는 끓는 주전자가 되어 발바닥에 불을 지른다. 인생사진이라는 것을 찍어보자는 열정으로 모래보다 뜨거워 불타오를 것 같은 발바닥의 고통을 어떻게든 견뎌본다. 사진을 찍고 낙타 위에서 다시 마주한 사하라 사막의 벅찬 감동은 생각보다 빨리 식어

갔다. 시간이 흐를수록 몸에 누적되는 태양열과 불편한 안장으로 인해 엉덩이가 아파 온 까닭이었다. 몇 시간이나 낙타에 앉아 반복되는 풍경과 끝없는 사막을 보고 있노라면 이런저런 잡념과 회상에 빠져든다. 대부분의 잡념이 부정적인 까닭이 엉덩이가 아프기 때문인지 햇빛이 뜨겁기 때문인지 모르겠다.

부당한 것을 모르는 채 지나쳤던 기억, 당당하지 못했던 모습 등이 스쳐가는 중 낙타부대를 이끄는 아이의 뒷모습이 눈에 들어온다. 우리나라였으면 중학생 정도였을 법한 작은 아이였다. 낙타 한 부대를 태연하게 이끄는 아이의 뒷모습을 보고 있자니 지금 이 순간을 모험이라고 생각했던 자신이 보잘것없이 느껴졌다. 이것은 모험이 아니다. 안전하고 보호받는 길을 지나가는 '체험'일 뿐이었다.

자신만의 꿈을 찾을 것이라고, 안정된 삶은 싫다며, 앞을 알 수 없는 모험적인 인생을 살고 싶다며 떠들어댔지만 대부분 낙하산이 달려 있는 안전한 모험이었다. 일부 친구들은 고연봉의 외국계 기업을 포기한 것에 대단함을 표하기도 했다. 여행을 떠나는 순간에는 많은 이들이 부러워했다. 그들은 나를 뜨거운 사람이라 말했다.

실제로는 뜨겁지 않았다. 미지근한 하루를 보내고 식은 마음으로 의미 없는 시간을 오랫동안 보내기도 했다. 날이 저물고 밤이 되자 차갑게 식어버린 사막의 모래알처럼 뜨거운 열정은 한순간에 싸늘하게 식어버리고는 했다. 술 한잔 들이킬 때면 내일부터는 뜨거운 삶을 살자고, 멋진 하루를 보내보자 다짐하지만 다음 날에도 크게 다르지 않은 하루를 보내고는 했다.

스스로는 알고 있었다. 나의 도전은 사막의 낙타 투어처럼 크게 대단하지 않았다는 것을. 뜨거워 보였던 열정도 해가 지면 싸늘하게 식는 모래알 같았다는 것을.

14. 안녕하세요

📍 : 라트비아, 리가

대부분의 외국인은 동아시아인의 국적을 구분하지 못한다.
케이팝이나 한국 드라마에 관심이 있다면 옷차림이나 머리 스타
일을 보고 한국인임을 알아채나 이들은 주로 젊은 학생들이다.
일본 애니메이션에 관심이 많은 외국인이라면 일본인을 잘 알아
챈다. 각자 관심 있는 분야가 있다면 알아낼 수 있는 능력인 것
이다.

　많은 외국인들이 동아시아인을 구분하지 못하듯 우리도 마찬가지로 프랑스인과 영국인을 잘 구분하지 못하고 태국인과 베트남인을 구분하지 못한다. 여행 중에 "안녕하세요!"하고 한국어 인사를 건네는 외국인은 언제나 반갑지만 "니하오!"라고 인사를 하는 현지인도 많다. 동아시아인에게 "니하오!"라고 인사를 하는 것은 인종차별이라고 하지만 여행지에 중국인이 워낙 많아 비율상 조금 이해는 간다. 만약 한국에 있는 유럽인의 10명 중 8명이 독일인이었다면 "구튼탁!"이라는 독일어 인사를 가장 많이 시도하지 않았을까? 물론 비하의 의미로 "니하오!"를 말하는 이들도 있는데, 그것은 인사할 때의 억양과 제스처로 알아챌 수 있다.

라트비아에는 유난히 한국인 인사를 건네는 사람이 많다. 인사를 하는 이들은 대부분 K-pop이나 각종 드라마의 팬이었다. 한국 문화가 크게 유행하는 것에 비해 방문하는 한국인이 적기 때문에 격한 환영 인사를 해준 것으로 추측한다. 인사를 넘어 사진을 같이 찍어달라는 사람들도 있어 이것이 호가호위의 맛이구나라는 것을 몸소 느낄 수 있었다. 한류스타의 인기를 등에 업고 인사를 받는 여우는 환대가 달콤하다.

뜨끈한 쌀밥 앞에서 농사를 지어주신 분부터 밥솥 만드는 회사까지 전방위적으로 감사한 마음이 들 때가 있다. 무더운 여름 에어컨을 틀고 땀이 식으면 한국전력과 에어컨 회사 종사자들이 그리 고마울 수가 없다. 오늘은 우리나라의 문화산업에 종사하는 모든 이들에게 감사드린다. 덕분에 팔자에도 있지 않을 무수한 악수 요청을 받지 않았는가. 감사합니다.

15. 놈이 나보다 강하다면

♀ : 탄자니아, 다르에스살람

"창문을 열지 마세요."

탄자니아에서 우버를 타자마자 들은 첫 번째 주의사항이다. 탄자니아의 택시나 우버에는 에어컨이 없는 경우가 많아 더운 날씨에 창문을 열 수밖에 없다. 출발하자마자 내린 창문을 보자마자 우버 기사는 손가락만큼만 창문을 열어야 한다고 말해주었다. 찌는 날씨에 그게 무슨 말인가 하니 정차 했을 때 칼이 들어와 소지품을 요구한다는 것이었다. 굉장했다. 처음에는 농담인 줄 알았다. 웃으면서 "너 재밌는 사람이구나."하니 그도 역시 웃으면서 정말이라고 한다. 진짜였다. 나 지금 굉장한 곳에 왔구나.

15. 놈이 나보다 강하다면 : 탄자니아, 다르에스살람

수도인 다르에스살람에서 세렝게티 초원으로 가기 위해서는 킬리만자로에 있는 여행사를 통해 가이드를 동행해야 한다. 현지에서 일을 했던 친구가 한인 투어업체를 소개해 주었지만 본토의 맛을 느끼고 싶던 무모한 여행자는 현지 여행사를 선택한다. 도착하자마자 들은 고급 주의사항에 마음이 얼은 상태임에도 현지의 맛을 놓치고 싶지 않았다. 르완다에서 알게 된 짧은 인연의 지인을 통해 '마타타'라는 사람을 추천받았고, 킬리만자로의 마을 한복판에서 마타타를 찾아 나섰다.

다른 관광지 못지않게 킬리만자로도 호객행위가 대단한 곳이었다. 다만 차이가 있다면 호객꾼의 키와 덩치가 매우 컸다. 어느 나라나 위험한 곳이 있고 누구나 범죄에 노출되어 있다. 다만 그 빈도와 강도가 얼마나 높냐는 것에 따라 마음가짐이 달라진다. 아프리카 여행이 다른 곳보다 위협적인 이유는 저들이 나보다 신체능력이 뛰어나 보인다는 점이었다. 어느 곳이든 강도가 나를 표적으로 삼았다면 힘과 달리기에서 소용이 있겠냐 생각할 수 있지만 심리적으로 느끼는 압박감이 달랐다. 강도가 강하고 빠를 것 같은 느낌이 든다. 나름 약하지 않다고 자부하는 남자로서도 위협을 느끼는데 여성 여행자면 오죽하랴. 호객꾼은 끈질겼다. 그 점에서는 다른 나라의 호객꾼과 다를 게 없었다.

　호객꾼과 대충 말을 주고 받으면서 걷는 사이 마타타 투어의 사무실을 발견했다. 알고 보니 마타타는 사장의 이름이었고 대략 키는 190cm에 몸무게는 100kg가 넘어 보이는 근육질의 남자였다. 눈가에 나있는 흉터에서는 험난했을 과거가 느껴졌다. 누구도 덤빌 수 없는 외형이었다. 마타타 사무실에 들어가자 끈질기게 따라다니던 레게머리 호객꾼은 마타타의 눈치를 보며 곧장 자리를 떠난다.

　추천받은 지인의 친구라며 마타타에게 인사를 건네자 호객꾼으로 인해 잠시 찌푸려졌던 얼굴이 자애로운 미소로 환히 빛난다. 투어 일정과 가격을 설명을 친절하게 설명받고 고민 없이

곧바로 결정했다. 투어 일정을 결정하고 그의 딸과 마을을 구경하며 돌아다녔는데 혼자 있을 때와는 달리 아무에게도 방해받지 않고 편하게 마을을 돌아다닐 수 있었다. 서로의 고객에게 호객을 하지 않는다는 룰도 있지만 나중에 알게 된 사실로는 마타타는 몸의 흉터가 보여주듯 마을에서 어느 정도 힘이 있는 권력자였기 때문이었다.

나를 지킬 수 있는 힘은 중요하다. 총과 칼 앞에 모두가 평등한 약자이겠지만 체력과 정신력만큼은 위기 상황에서 버티고 이겨내기 위한 도움이 될 것이다. 또한 자신감이 되어 더 즐거운 여행과 당당한 하루를 보낼 토대가 될 수 있다. 숙소에 가서 스쿼트를 해야겠다.

16. 꽃길인 줄 알았는데 코끼리였다

♀ : 탄자니아, 세렝게티

쏟아내는 비구름을
무지개가 흐뭇하게 지켜본다

무궁할 것 같던 노란 꽃길
거대한 벽이 서있네

꽃길인 줄 알았는데 코끼리였다

'세렝게티'라는 단어에는 특별한 주문이 걸려있다. 가슴 깊은 곳에서 그려지는 끝없는 초원에 듣기만 해도 기분이 벅차오른다. 문명의 어느 것도 닿지 않을 미지의 세계가 연상되는 낙원이다. 온 세상 모든 동물들이 꽃밭을 자유롭게 뛰어다니며 사자는 드르렁 잠을 자고 있을 것 같은 그런 곳이다. 누군가 나에게 '세렝게티'라는 언어에 마법을 걸었다.

지금이다. 자유로운 초원으로 달려가고 있다. 멀리서 폭우와 천둥번개가 무섭게 내려치고 무지개는 전쟁터를 평화롭게 구경하고 있다. 반대편에는 파란 하늘과 구름이 유유히 흘러간다. 전쟁과 평화, 안식이 공존하는 하늘 아래 무지개를 타고 오는 시원한 바람이 귀를 스쳐간다. 땅에는 노란 꽃이 무궁한 마중을 나와 있다. 이미 오랜 시간을 달려가고 있지만 펼쳐진 꽃길은 끝날 기미가 보이지 않는다.

무지개를 지나치고 새로운 하늘에 다가갈 무렵, 꽃길 위로 조금 어두운 벽이 기다린다. 멀리서 봐도 보이는 거대함, 다가갈수록 커지는 그 벽은,

꽃길인 줄 알았는데 코끼리였다.

17. 절대로 만약에 혹시나

📍 : 탄자니아, 응고롱고

말도 안 돼. 절대 아니야!

절대 아니라던 친구는 삐져나오는 짝사랑의 감정을 감추지 못하고 결국 들켜버렸다. 절대 잊지 않겠다던 어느 날의 약속은 안개처럼 흐려져 창연히 사라졌다. 절대 술을 마시지 않겠다고 다짐한 날 이후 마신 술은 이미 한강을 메울 양이었다.

절대라는 강한 부정은 때때로 더 강한 긍정으로 돌아온다. 그럼에도 어떠한 의혹이나 의심을 받을 때마다 절대라는 말은 결백을 밝혀주고 변호해 주는 든든한 친구였다. 한치의 용납도 허용하지 않는 단어의 힘은 대단했다. 가끔 깨지는 신뢰 속에서도 언제나 믿음직스러운 단어였다. 사자 앞에 서기 전까지는.

'게임 드라이브'는 〈세렝게티 국립공원〉의 사파리에서 오픈 트럭을 타고 야생동물을 구경하는 투어이다. 트럭은 활짝 열려 있으며 확 트인 자연을 뛰어다니는 야생동물을 보고 있노라면 꿈에서나 볼 수 있었던 신비로운 세상에 온 기분이다. 세렝게티 의 가이드들은 눈이 굉장히 좋다. 100미터 이상 떨어진 곳의 나 무에서 쉬고 있는 표범을 쉽게 발견할 뿐더러 보호색을 띠어 바 로 앞에서도 보기 힘든 토끼를 알려주기도 했다. 가이드가 저쪽 에 동물이 있다고 말해줘도 한참을 봐야 탄성을 지르며 발견하 고는 한다. 가이드가 저 멀리 사자를 발견한다. 언덕 위에서 편 하게 휴식을 취하고 있는 녀석이었다.

우리 팀은 사자에게 서둘러 다가갔다. '게임 드라이브'의 오픈 트럭은 어떠한 장치도 없이 100% 개방되어 있기에 다가갈수록 긴장감이 커졌다. 사자와 나의 거리는 3미터 이내. 아니 2미터 이내라도 말할 수 있으며 심지어 사자는 언덕에 있기에 나보다 높은 위치에 있다. 점프하면 너무나 쉽게 들어올 수 있는 거리였기에 가이드에게 위험하지 않냐고 물어봤고 가이드가 대답했다.

"사자는 절대 트럭 안으로 들어오지 않아. 네가 차에서 나가지만 않는다면 그 안은 안전해."

가이드는 'never'라는 단어를 사용하며 확신에 차 말했다. 살면서 'never'라는 말이 그렇게 의심스러운 날은 없었다. 정말일까? 사자가 조금 배고파 보인다. 게다가 사진에 나와 사자를 함께 담기 위해서는 뒷모습이 보일 텐데 고양이과는 등을 보이면 덮치는 것이 본능이 아니었던가!
'혹시? 설마?'

포기할 수는 없다. 가이드의 믿음직한 호언과 절대라는 단

어의 힘을 믿어보기로 한다. 용기 있게
셀카봉을 잡고 몸을 돌렸다. 사자의 시
선을 내 쪽으로 향한다. 카메라로 비치
는 사자의 시선이 나인지 카메라인지 모
르겠지만 같은 방향을 보고 있다. '찰칵'
사진을 어서 찍고 확인해 보니 나의 표
정이 어지간히 좋아있다. 그래도 인생
사진을 찍었다는 것에 만족해 본다. 착
한 사자야, 고맙다.

사진을 실컷 찍고 여유롭게 사자를
지켜보고 있는 와중에 소식이 퍼졌는지
트럭 여러 대가 여기저기서 몰려왔다. 십여 대의 트럭이 좁은 길
로 몰려드는 바람에 가벼운 접촉 사고가 났다. 사자 3마리가 바
로 옆에 있는데 운전자가 차에서 내리더니 골목길에서 사고 난
듯 태연하게 서로의 부딪힌 부분을 확인한다.

사자에게 조금도 신경을 쓰지 않는 모습이었다. 당당한 모습
에 감탄하는데 더 놀라운 것은 드라이버와 가이드가 차를 확인
하는 동안 사자가 슬금슬금 도망가기 시작했다. 차에서 내리면
사자가 공격하니 굉장히 위험하다고 했지만 현지인에게는 해당

되지 않았다. 떠나는 사자를 뒤로 하고 사고 당사자들은 악수와 함께 신속하게 합의를 마친다. 인류가 그토록 듬직하고 멋져 보일 때가 없는 감동스러운 장면이었다. 당당함 앞에서는 사자도 줄행랑을 친다. 세렝게티의 가이드처럼 사자 앞에서도 어깨 편 삶을 살고 싶다는 생각을 잠시 해본다.

18. 아프리카에서 느끼는 콩팥의 소중함

♀ : 탄자니아, 킬리만자로

가로등 하나 없는 검은색
몰려드는 피로
눈 감을 수 없는 적막감

길을 잃은 도로
눈 떠도 보이지 않는 위협감

짙은 어둠이 내린 도시
사라지는 그림자

　　이질적인 풍경과 사람, 유쾌한 분위기는 다른 대륙에서 느낄
수 없는 아프리카만의 매력이다. 마트에 갈 때 횡단보도 앞 운전
자는 시도 때도 없이 인사를 해준다. 잠보! 지나가는 사람과 직
원도 유쾌하다. 사람 한 명 한 명은 친화적인 반면 마을의 전체
적인 분위기는 상당히 위협적이다. 나를 바라보는 그들의 눈빛
에서 절반은 호기심, 나머지 반은 소지품을 향해 있다. 타 여행
지에서 동양인에게 느끼는 신기함의 눈빛과는 확연히 다르다.

탄자니아의 경우 여행자를 대상으로 한 강도 범죄가 매우 빈번하여 혼자 밖에 다니는 것에 대해 강하게 경고한다. 백팩을 메고 다녀도 안 된다. 가방을 잡은 채로 벗을 때까지 그대로 끌고 가기 때문이다. 현지에서 일하는 한국인들은 차라리 쇼핑백을 들고 다니길 추천한다. 몸은 다치지 않고 쇼핑백만 뺏기면 그만이니 그 쪽이 차라리 낫다는 판단이다. 탄자니아에서 군 복무를 한 친구는 실제로 버스에서 4인조 강도를 만난 적이 있는데 그의 경험은 충격적이다. 사지가 강도들에게 잡혀 능지처참을 당하기 전처럼 대자로 펼쳐졌고 그 사이 가방에 모든 것을 털어 갔다고 한다. 아무것도 할 수 없는 무기력함에 매우 충격적이었다고 전했고 당시의 묘사가 워낙 생생하여 직접 강도를 만난 기분이었다.

세렝게티에서 게임 드라이브가 끝나고 킬리만자로로 돌아가는 길에 타고 있던 차가 세렝게티 한복판에서 고장이 났다. 부품이 필요하여 다른 차가 올 때까지 기다려야 했고 덕분에 마사이족과 직접 인사도 할 수 있었다. 마사이족 아이의 표정은 정말 순수했다. 서로를 신기하게 바라보는 정지된 장면에서 마사이족의 어린아이가 먼저 꺼낸 말은 '달러', 그리고 '초콜릿'이었다. 아마 과거의 여행자들이 이들에게 돈과 군것질거리를 건네주었을 것이라 추측된다. 미디어에서 보던 사자가 잡은 동물을 탈취하고 맹수와 맞서는 마사이족이 아니었다. 어른들은 폴더폰이나 스마트폰을 가지고 있었으며 아이들은 돈의 가치를 알았다. 가이드도 이제는 마사이족의 삶이 다른 사람들과 크게 다르지 않다고 설명해 주었다.

몇 시간을 기다리고 나서야 다른 트럭이 도착했고 드디어 도착한 입구 쪽 도로. 나와 동승자인 송 군은 다시 다른 차로 갈아타야 했다. 이미 밤이 어두워지고 있었다. 가는 길에는 경찰차 수 대가 우리가 탄 차 주위를 포위하고 검문하기도 했다. 수상한 차의 범죄나 테러를 대비하기 위한 것으로 보였다. 이름 모를 작은 도시에 도착하고 이미 깜깜해진 세상. 운전사는 여기에서 기다렸다가 다시 차를 갈아타라고 말해주었다. 몇 번이나 반복되는 환승, 가로등도 없는 도시에서 차를 기다리는 동안 옆에 있는 송 군이 큰 의지가 되었다.

얼마 지나지 않아 도착한 운전사는 세미 정장 차림에 굉장한 거구였다. 다른 운전사와 다르게 가볍게 인사 후 말없이 운전만 한다. 송 군과 나는 동시에 구글맵을 켜고 수군거린다. 인터넷이 잘 터지지 않던 세렝게티와는 달리 다행히도 3G 인터넷이 연결되었다. 속도는 매우 느렸지만 먼 옛날 모뎀을 사용하여 라이코스에 접속했을 때보다 더 큰 기쁨과 안도가 느껴졌다. 이 차가 정말 킬리만자로로 향하는 것이 맞을까? 다른 곳으로 빠져서 납치당한다면 아무 저항도 못하고 다 털리겠구나. 각 아프리카 나라의 범죄 유형이 떠올랐다. 탄자니아는 돈과 물건만 빼앗는 점이 큰 위안이었다. 어떤 나라는 성별 구분 없는 강간이나 장기시장이 존재하기까지 한다. 만일 범죄를 맞닥뜨린다면 줄 수 있다면 내 모든 돈을 줄 테니 각막과 콩팥만은 지키고 싶었다. 물론 엉덩이를 가장 지키고 싶었다.

몰려오는 엄청난 피로에도 눈을 부릅뜨고 지켜보는데 송 군이 잠에 든다. 나는 더 눈을 부릅뜬다. 30분 정도 지났을까. 송 군이 눈을 뜨고 주위를 둘러본다. 그러자 거짓말같이 나의 눈이 스르륵 감긴다. 그렇게 교대 근무하는 미어캣처럼 구글맵을 보며 오다 보니 드디어 숙소에 도착했다. 무사히 도착하니 안전하게 데려다준 운전기사에게 괜스레 미안해진다.

숙소에 도착하여 샤워를 하니, 이제야 마음이 놓이고 긴장이 풀린다. 아주 깊은 잠에 빠져들 수 있었다. 긴 하루였다. 마지막까지 아프리카에서는 아무 일도 없이 안전하게 여행을 마쳤다. 그들을 불신했던 마음이 미안하고 인사에 조금 더 밝게 답해주지 못한 것이 조금은 아쉬웠다.

미안한 마음을 한편에 간직하고 탄자니아를 떠나 런던에 도착한 날, ATM기기 앞에서 깨달았다. 케냐에서 체크카드가 해킹 당해 돈이 모두 털렸다는 것을. 그래도 괜찮다. 여행전용 체크카드에 돈을 분산시켜 넣어두었기에 피해액은 다행히도 40만 원가량으로 크지 않았다. 각막과 콩팥이 건강하게 있다는 것에 위안을 삼는다. 빼앗긴 나라는 되찾았지만 한번 잃은 각막과 엉덩이는 되찾을 수 없다. 여전히 건강한 것에 만족한다.

19. 킬리만자로의 라면

♀ : 탄자니아, 다르에스살람

라면을 찾아 아프리카를 어슬렁거리는
한국인을 본 적이 있는가

바람처럼 왔다가 이슬처럼 가는 생
라면 국물 한 방울도 남기지 않으리

　해외여행을 하다 보면 가장 먹고 싶어지는 한국 음식 중 한 가지는 단연코 라면이다. 아무리 현지 음식에 잘 적응하고 맛이 있어도 라면을 향한 욕망이 참기 힘들 만큼 부풀어 오를 때가 있다. 다행히 한류와 한국 음식의 인기가 높아진 덕분에 대부분의 나라에서 한국 라면을 구할 수 있어 라면이 먹고 싶을 때면 아시안 마켓을 찾아서 먹고는 한다. 라면을 끓여 꼬들꼬들한 면 발과 국물 한 수저를 입에 넣으면 없던 향수병마저 사라지는 쾌감을 느낄 수 있다.

　킬리만자로에 도착하여 세렝게티 초원을 누빈 며칠 동안 머핀과 바나나 등으로 대부분의 끼니를 때웠다. 현지 체험을 하겠다고 한인 업체를 거치지 않고 현지 업체를 선택한 자가 받는 벌이었다. 한인이 운영하는 업체를 통해 사파리 투어를 하면 삼

계탕, 김치찌개 등이 식사로 나오는 굉장한 장점이 있었다. 그러나 음식까지 세렝게티 본연의 맛을 보고 싶어 현지 업체와 투어를 진행했고, 그 결정을 후회하기까지는 긴 시간이 필요하지 않았다. 이름 모를 아

프리카식 요리와 빵으로 굶주림을 채운 지 사흘이 지나자 어느 때보다 한국 음식이 그리워졌다. 킬리만자로의 여행자는 하이에나처럼 라면을 찾아다녔지만 아시안 마켓을 찾을 수 없었다. 전 세계에 퍼져가는 한류에도 아프리카 대륙까지 오기에는 조금 멀었나 보다. 라면은커녕 스니커즈나 하리보 젤리 같은 공산품 자체가 매우 비쌌다.

킬리만자로에서 투어를 마치고 다리에스살람으로 돌아와 소고기로 위장을 적셔봤지만 한국음식을 향한 갈증이 사라지지 않았다. 소 안심보다 삼겹살이 더 그리운 모순적인 상황에서 구세주가 나타났으니 고등학교 친구의 지인이었다. 탄자니아에서 출장 근무 중인 그의 집에는 햇반과 라면 등 고국의 구호물자가 가득했다. 한국 음식의 가뭄이 일어난 대륙에서 그의 집은 오아시스였다. 사돈의 팔촌급으로 먼 사람이었고 신세를 지기 싫어하는 성격이지만 라면 앞에서 잠시 변절자가 되어 폐를 끼쳐보기로 한다.

양은냄비까지 구비되어 있는 최적의 조건. 염치없게 라면을 두 봉지나 뜯는다. 물을 끓이고 수프를 넣자 매콤한 향이 코를 뚫고 뇌까지 차오른다. 편하게 먹으라는 지인의 환대 덕분인지 오랜만에 맡는 매콤한 냄새 때문인지 촉촉해지는 눈가 앞에서

끓어가는 라면은 축복으로 가득하다. 면을 넣은 뒤 몇 번이나 휘젓고 싶어 하는 오른손을 왼손으로 잡으며 인내한다. 하얀 달걀 두 개를 넣고 면 밑으로 조심히 넣는다. 반숙. 적당하게 끓인 면발. 냄비를 들고 테라스로 나간다. 뜨거운 양은냄비 안의 라면과 반숙 계란 그 뒤에는 인도양까지 이어지는 탄자니아의 동쪽 바다. 면을 집어 들자 인도양의 입김이 면을 적당히 식혀주었다. 해풍을 맞아 조금 더 꼬들해진 면발을 입안 가득 넣는다. 짭짤하고 매콤한 향이 쫄깃한 면발의 감각을 타고 온몸에 퍼진다. 한 숟갈로는 모자란 국물을 다섯 숟가락 정도 입에 넣자 위장에 묶여있던 아프리카 음식이 쑤욱 내려가는 기분이다. 이번에는 국물을 떠서 면을 소량 올리고 반숙된 계란을 반으로 쪼개 한 입에 넣는다. 크아! 감탄만 나온다.

이것이 행복이다. 행복을 넘어 축복이다. 지금만큼은 축복을 라면이라는 단어로 대체해야겠다. 당신의 삶을 '라면'합니다.

▶ 20. 그 시절에는

♀ : 라오스, 방비엔

기냥 흘려보낸 계곡의 물줄기는

누군가는 그리워할 지난 날의 봄

돌아오지 않을 추억을

염탐하여 음미하다

깨끗한 산과 호수가 품어 안은 순수한 마을에 발을 담갔다. 개발이 시작되어 중심가에는 호텔도 많이 지어졌지만 조금만 벗어나면 아직 자연과 공존하는 마을의 모습을 그대로 간직하고 있다. 어느 곳에서나 리어카를 쉽게 찾을 수 있고 마당에는 빨래가 널려져 있다. 배고픈 닭들은 먹을 것을 찾아 끊임없이 마당 앞을 돌아다닌다. 음식도 한국과 비슷한 부분이 많다. 프랑스로부터 식민 지배를 받은 영향으로 빵을 비롯한 대부분의 음식 맛이 매우 우수하다. 방비엥은 가장 좋아하는 동남아 도시 중 하나이다.

다른 여행지와 달리 방비엥에서는 캠핑장을 숙소로 잡았다. 자연과 더 어울리고 싶은 마음이었다. 캠핑장에 도착해 짐을 놓고 냇가에 들어가려는데 옆 캠핑장에 한국인 어르신들이 단체여행을 왔는지 한국어가 들려온다. 외국에서는 한국어가 더 선명하게 들린다. 다리를 오고 가는 길에 의도치 않게 엿들은 어르신들의 대화가 인상적이었다.

"여가 우리 어렸을 때 동네 모습이랑 참 비슷해서 마음이 요상하구먼."

그제야 다시 보이기 시작한 방비엥의 풍경. 다시 보니 사진으로 보던 전쟁 후, 또는 1960~70년대 우리나라의 모습과 상당히 닮아 있었다. 흙길, 나무로 만든 울타리, 노점, 소와 닭, 직접

만든 의자, 낡은 자전거를 타고 다니는 학생들. 언뜻 어렸을 적
외갓집 마을의 풍경과도 비슷하다. 숨을 크게 쉬며 잠시 시간여
행을 해본다. 아버지와 어머니가 그리웠을 풍경이다. 함께 오지
못해 미안한 마음과 함께 없는 추억을 대신 돌이켰다.

　해가 저물자 옆 캠핑장 어르신들은 노래방 기계를 켜고 윤
수일의 아파트를 계곡이 떠나가라 열창하신다. 기계는 어떻게
구해오셨을까? 개구리 소리를 듣고 싶은 밤이었지만 어르신들의
들뜬 마음을 이해하고 아파트를 함께 흥얼거린다.

21. 사람 사는 세상

♀ : 에스토니아, 탈린

　　발트 3국이라 불리는 리투아니아, 라트비아, 에스토니아는 나라가 서로 가깝고 모여 있어 같이 여행하는 사람들이 많다. 그중 에스토니아는 세계적인 IT강국이며 유럽의 실리콘밸리로 불린다고 한다. 에스토니아에 도착했을 때 앞서 여행한 리투아니아와 라트비아보다 세련된 느낌을 받았는데 IT강국에서 오는 인프라와 분위기가 아니었나 싶다.

　지붕이 붉게 칠해진 도시에는 멋들어진 성과 조화롭게 핀 꽃이 아름답다. 레스토랑의 직원은 어느 도시보다 젠틀하고 유머러스하여 인상 깊었다. 거리의 사람들은 충분히 멋졌다. 아시아 사람이 아주 흔하지는 않은지 인사하는 행인도 있었다. 하루 종일 거리에 쓰레기 하나, 불쾌한 사람 한 명 없었다. 흠이 없어 이질적인 감정이 들 정도로 세련된 도시였다.

　괜찮은 하루를 보내고 마트에 들러 물을 사 돌아가는 길에서 버스 정류장 앞에 쇼핑카트가 놓여 있다. 마트에서 정류장까

지 끌고 와 버스를 타고 놓고 간 듯했
다. 어떤 이기적인 자에 의해, 또는 불
가피한 급한 상황에 어쩔 수 없이 버려
진 듯한 카트였다. 카트 한 대로 인해
도시에 오점을 찍는 것은 지나친 생각
이지만 사람 사는 곳이 비슷하구나 라
는 생각이 들었다. 정류장에 버려진 카
트를 보니 완벽했던 도시에 대한 이질감
이 해소되며 오히려 친근한 기분이 들었
다. 그렇지 않다고 생각했는데 마음속에

는 유럽 선진국에 대한 환상이나 기대가 있었나 보다. 예상하지
못한 쇼핑카트에 잠깐 실망한 후 곧이어 안도했다.

좋은 사람이 있으면 나쁜 사람이 있지. 그것이 사람 사는 세
상이지. 당연한 사실을 되뇌며 가볍게 하루를 마무리 짓는다.

♀ : 스페인, 발렌시아

어릴 적 놀러간 친구집에는
늘 푸짐한 음식이 기다리고 있었지

이토록 먼 스페인에서도
어머니의 환대는 거룩하구나

모두가 행복한 만찬 앞에서
터질 듯한 위장만이 훌쩍인다

뽀끼또 뽀끼또
잊을 수 없는 말
조금만요 제발 조금만요

사랑과 간절함이 교차하는 그 말
뽀끼또… 뽀끼또…

　새로운 나라로 향하는 비행기에서는 최소한의 몇 가지 문장을 외운다. 가장 먼저 공부하는 말은 당연하게도 '안녕하세요'. 이방인의 인사는 누구에게나 호감과 호기심을 갖게 한다. 영어권 나라에서는 감흥이 적지만 비영어권이거나 외국인이 적은 곳일수록 현지인의 반응은 뜨거워진다. 우리에게 낯설고 먼 언어로 인사를 건넬수록 그들도 더 신기한 것이었다. 두 번째는 '감사합니다'. 호의와 보답을 표하기 위한 가장 좋은 말이다. 여행을 하다 보면 도움받을 일이 많고 감사의 표현에는 지나침이 없기에 아끼지 않는다. 마지막은 '맛있어요'이다. 낯선 나라의 음식을 즐기는 것은 여행의 가장 큰 기쁨 중 하나이므로 맛있다는 말은 빠지지 않아야 한다.

　교환학생을 할 때 친해진 스페인 친구를 만나기 위해 발렌시아로 향하는 비행기 안에서도 어김없이 스페인어 몇 가지를 외워두었다. 몇 년 전 바르셀로나 여행 때 분명히 외웠을 것인데 어느새 아득하게 잊고 새로운 언어 같다. '올라(안녕하세요)', '그라시아스(감사합니다)', '무이비엔(정말 좋아요, 맛있어요)'. 다른 언어보다 금방 외워졌고 발음이 쉬워 마음이 가벼웠다.

교환학생 때 함께 지냈던 스페인 친구인 싼티의 집에 도착했다. 산티의 부모님도 크게 환영해 주시며 식사부터 차려주셨다. 스페인은 저녁식사를 늦게, 그리고 많이 먹는 문화가 있다. 첫날 저녁식사부터 어머니는 음식을 듬뿍 담아주셨다. 한국의 예의 바른 청년은 기대에 어긋나지 않게 그릇을 싹싹 비워야 했다. 요리 솜씨가 좋고 입맛에도 잘 맞아 먹을 때는 정말 맛있었지만 잠드는 순간까지도 배가 너무 불렀다. 어릴 때부터 저녁 식사는 과식하지 않는 것이 습관이 되어 있던 터라 늦은 저녁의 과식은 큰 후유증이 따라왔다.

다음날 저녁, 다시 돌아온 저녁 식사에 엄청난 양의 메인 요리를 발견했고 애피타이저로 이미 배가 꽤나 불렀던 나는 다급하게 친구에게 물었다.

"스페인어로 '조금'을 뭐라고 해?"

싼티가 손가락 제스처와 함께 말한다.

"뽀끼또."

스페인어로 조금은 뽀끼또였다. 조금이라고 말하고 싶은 간절한 마음 때문이었는지 떡볶이가 연상되어 그랬는지 뽀끼또라는 말은 뇌로 직행하여 심어졌다. 접시에 음식이 나눠지기 전 다급하게 어머니에게 말했다.

"뽀끼또 뽀끼또."

하지만 사랑과 정성이 듬뿍 담긴 접시의 양은 어제와 별반 다르지 않았다. 오늘도 남길 수 없었다. 어젯밤 배부른 돼지의 고통이 생각나 먹으면서도 걱정이 되었다. 어쨌든 내게 주어진 음식을 모두 해치웠고, 더 먹지 않겠냐 권유하는 어머니의 말에 긍정이 없는 강한 부정과 이중 부정을 동시에 표현하며 행복한

걱정의 식사를 마무리했다.

다시 찾아온 다음 날에도 뽀끼또를 다섯 번씩이나 외쳤지만 어머니의 사랑은 외침보다 컸고 위장도 꽤 적응이 됐는지 저녁 식사의 과업을 조금씩 수행해 나갔다. 발렌시아에 도착하고 닷새가 지난날 친구와 작별의 셀카를 찍었는데, 첫날과는 달리 얼굴이 굉장히 퉁퉁해졌다는 것을 바로 알아챌 수 있었다. 체중계가 없어서 잴 수는 없었지만 일주일 간 최소 3kg 정도는 찌지 않았을까.

스페인에서 오랜만에 어머니의 따스한 정을 느끼며 잠시 느꼈던 외로움도 한 짐 털어놓는다. 뽀끼또라는 단어는 절대 잊지 못할 것이다. 참 감사했습니다.

뽀끼또… 뽀끼또…

Chapter 2

그런데, 꿈이 무엇인가요?

23. 대항해시대

♀ : 이태리, 제노바

어린이와 청소년은 가지고 싶은 것이 많다. 어른이 되어서도 가지고 싶고 사고 싶은 것은 많지만 산타할아버지에게 기도할 만큼 간절하지는 않다. 어린 시절에는 갖고 싶은 것이 생기면 부모님에게 졸라보고 산타할아버지에게 매일밤 기도하기도 했다. 어릴 때 가지고 싶은 물건은 장난감이거나 게임기였고, 중학생 때는 휴대폰이었다. 초등학생 시절에는 컴퓨터가 그토록 가지고 싶었는데, 부모님은 갖고 싶은 것들을 모두 사주셨지만 유독 컴퓨터를 사주시기까지 시간이 오래 걸렸다.

집에 컴퓨터가 도착했던 날의 기분은 아직까지도 생생하다.

돌이켜 봐도 군대 전역 전날밤보다 설레었고 취업에 성공했을 때보다 기뻤다. 로또 1등에 당첨됐을 때보다도 짜릿했을지 비교하고 싶으나 아직 당첨되지 못해 알 수 없다. 분명한 것은 삶을 살아오며 행복을 느꼈던 순간을 나열하자면 컴퓨터를 얻게 된 날이 다섯 손가락 안에 든다는 것이다. 컴퓨터를 그토록 원했던 이유는 오직 한 가지였다. 〈대항해시대〉라는 게임 때문이었다. 15세기 유럽을 배경으로 신대륙과 동방의 보물 및 무역 상품 등을 찾아다니는 게임이었다. 컴퓨터 가격이 비싼 이유도 있지만 게임만 할 것이 명확하니 어머니는 컴퓨터 구매를 당연히 미루고 미루었을 것이다.

오랜 시간 간절하게 기다렸던 컴퓨터를 드디어 얻게 된 날부터는 매일 게임을 했다. 이태리의 선장으로 전 세계를 탐험하고, 스페인의 해적이 되어 지중해와 카리브해를 누볐다. 세계지도는 자연스럽게 전부 외워졌고 어느 나라에 어떤 문화유산이 있는지도 모두 알게 되었다. 게임을 오래 하는 것이 어린 마음에 찔렸는지 아버지에게 세계지도를 외웠다며 자주 자랑했다. 게임을 통해 공부도 된다는 긍정적인 측면을 강조하고 싶었을 얄팍한 어린이의 마음이었을 것이다.

　게임 속에서 영국의 스톤헨지, 이집트의 피라미드와 인도의
타지마할 등 세계의 유적지와 보물을 마주할 때마다 벅찬 감동
과 함께 어린 마음에는 꿈이 새겨졌다. 어른이 되면 앙코르와트
를 만져보고 제노바에서 와인을 마셔야겠다. 케이프타운의 최남
단에 서고 나이아가라 폭포에서 사진을 찍어야겠다는 원대하고
막연한 세계여행의 꿈이었다.

♀ : 튀르키예, 카파도키아

새벽 냉기에 맞서 잠든 온기가 깨지 않게
조심히 옮기던 발걸음
길 강아지 앞에서 멈춘다

따라오란 꼬리 짓에 해돋이 포기하고 따라간 길의 끝은
강아지가 해를 만나는 비밀 장소

아기 해가 불을 켜고 있다
엄마 해가 보랏빛으로 세상을 비춘다

잠든 온기가 깨지 않게 조심히 발걸음을 옮기던 늦은 밤과 이른 새벽의 사이, 일출 보러 가는 길을 적당히 큰 강아지가 막는다. 어둠이 아직 짙게 깔려 강아지의 첫인사가 조금 무서웠지만 친근하게 꼬리를 흔들며 다가와 곧 안심되었다. 격식 있는 첫인사가 끝나자 강아지는 저 멀리 뛰어가더니 뒤를 돌아보며 꼬리를 힘차게 흔들었다. 따라오라는 신호 같았다. 꽤 당황스러웠다. 게다가 강아지가 뛰어간 쪽은 일출 장소의 반대편이었다.

'미안해 이따가 같이 놀자.'

걸음을 돌리려는데 강아지가 다가와 앞을 맴돌며 재촉한다. 귀여운 몸짓에 결국 해돋이는 내일로 미루고 얌전히 따라갔다. 어디로 데려가는 것인지 꽤나 먼 길을 걸어 등에 열이 조금씩 날 무렵, 숨을 고르며 올라간 언덕에는 믿기지 않을 풍경이 펼쳐졌다. 한눈에 들어오는 마을과 불을 켜기 시작한 열기구들이 번쩍이고 있었다. 해가 뜨기 전의 분홍빛이 마을을 먼저 비추고 열기구들은 하나씩 오르기 시작했다. 이윽고 분홍빛 마을은 주황빛이 되어 열기구와 함께 마을을 바라보았다. 풍경이 아름다움을 넘어서 감동이 몰려올 정도였다.

믿기지 않지만 강아지가 일출 장소를 안내해 준 것이었다. 안내받은 비밀 장소의 반대편에는 원래 가려던 일출 장소가 보였는데 해가 뜨는 방향과 반대였고 멀리서 봐도 사람이 많아 보였다. 어제 일몰 때 경험했지만 사람이 많아 경치를 온전히 즐기기 어려웠을 것이며 사진 촬영 또한 험난할 것이 분명했다. 아무도 없는 이곳은 진정 일출의 명소였던 것이다.

그날 저녁, 머물던 동굴 숙소에 새로운 외국인이 들어왔고 그녀도 일출 구경을 계획하고 있었다. 나는 강아지가 안내했던 새로운 장소를 제안했고 흥미가 있는지 받아들였다. 다음 날 똑같은 시각, 강아지를 찾기 위해 조그맣게 기척을 내며 어제의 언

덕 쪽으로 이동했다. 다행스럽게 얼마 걷지 않아 강아지를 발견
했다. 이산가족을 만난 듯 반가워 마구 쓰다듬고 안내하는 길을
다시 따라갔다. 다시 봐도 신기했다. 외국 친구는 처음 본 풍경
에 놀라움을 연신 쏟아낸다.

　다시 생각해도 정말 신기하고 영특한 강아지다. 해돋이 보러
가는 마음을 어떻게 알았을까. 사랑스러운 친구야. 정말 고맙다.
다시 만나고 싶어.

테러 위협

♀ : 독일, 도르트문트

여행을 떠날 때 기분이 좋아
지는 첫 순간은 천장이 하늘까지
시원하게 트인 공항에 들어왔을
때이다. 공항이 크고 세련된 만
큼 감동은 커진다. 무거운 수하
물을 부치고 여권 심사가 끝나면
두 번째로 기분이 다시 오를 때
이다. 면세점을 이리저리 돌아다
니다가 커피 한 잔을 마시며 탑
승을 기다리는 순간은 어느 때보
다 마음이 여유롭다. 반면 세계

여행 중이라면 크고 멋진 공항보다는 작고 조용한 공항을 더 선호한다. 면세점이나 볼거리는 적지만 사람이 많지 않아 여유롭고 출국 심사가 빠르기 때문이다.

도르트문트 공항은 작지만 아주 깨끗한 공항이다. 승객 대부분도 독일 현지인으로 보였다. 특별한 것이 없어 보이던 면세점을 건너뛰고 하리보 젤리를 먹으며 탑승시간을 기다렸다. 새콤한 맛에 정신이 번쩍 들었다가도 다시 따분한 기분이 들어 글이나 적을까 싶어 노트를 꺼냈다. 난잡하게 적혀있는 기록들을 살펴보는데 갑자기 사이렌이 울린다. 이어지는 방송에서는 영어와 독일어로 안내가 나왔다. 무슨 말인지 잘 알아듣지 못했지만 사람들이 두리번거리며 일어섰다. 옆 사람에게 물어보니 돌아오는 대답이 생각보다 극적이다.

"공항에 테러 위협이 있다. 공항을 탈출해야 한다."

얼마 전 뉴스에서 봤던 테러 뉴스가 떠올랐다. 생각보다

는 우선 행동하자라는 결론에 도달하여 서둘러 짐을 들고 일어
났다. 사람들이 이동하기 시작했지만 목적지는 딱히 없어 보였
다. 긴급하게 울리는 사이렌 박자와 달리 사람들의 걸음은 평온
해 보였다. 안전불감증인지 이들도 당황하여 멍한 것인지는 알
수 없었다. 천천히 따라가던 중 사이렌이 멈추고 방송이 다시 나
온다. 대피 명령이 내려진 이유는 폭탄이나 테러 위협이 아닌 누
군가 금지구역의 문을 열어 들어가는 바람에 사이렌이 울렸다는
방송이었다. 침입자는 평범한 승객이었고 결과적으로 별 것 아
닌 사건이었다. 짐작하건대 첫 방송이 나왔을 때도 누군가가 금
지구역에 침입했다는 내용으로 대피 명령이 내려지지 않았을까
싶었다. 그래서 다른 사람들은 여유로웠고 테러와 독어에 익숙
하지 않은 나만 마음속으로 오만 가지의 수를 생각했던 것이다.

일본에 있을 때 북한이 미사일을 쏘았다는 뉴스를 보며 너
한국으로 돌아가야 하냐고 물어봤던 스페인 친구가 생각난다.
나도 당시에 그리 대답했었다.
"싼티, 전쟁 때문에 내가 한국 가게 되면 너도 우리나라로
파병 와줄 거지?"

말도 안 된다며 웃는 싼티의 눈빛은 분명 흔들렸고 좌우로 스텝을 밟는 눈동자를 보며 즐거웠다. 조금 전 공항을 탈출해야 한다고 말하던 심각한 표정의 젊은 친구도 나의 흔들리는 동공을 즐겼을 테지.

전쟁도, 테러도 발생하지 않았으니 웃으며 이야기할 수 있는 것이다. 거친 사이렌 소리로 인해 평화를 위해 헌신하는 많은 이들에게 잠깐이나마 감사하는 하루가 되었다.

26. 출항

♀ : 이태리, 팔레르모

닻을 올려라

찬연한 도시를 뒤로하고 바다로 향하는

15세기의 모험가

섬에서 대륙으로 이동할 때는 당연히 비행기를 탄다. 하지만 시칠리아 섬에서 나폴리로 가는 길은 페리를 이용해야겠다. 속도는 열 배 가까이 느리고 가격도 더 비싸다. 자동차를 가져가는 것도 아니고 페리에서 파티가 있는 것도 아니지만 오로지 낭만을 위해 선택한 이동수단이다. 온화한 태양과 함께 선상에서 아침을 맞이하고 싶은 단 하나의 이유였다.

도착한 항구에는 축구장만 한 페리 두 척이 늠름하게 서 있고 자동차들이 줄지어 들어간다. 배에 승선하여 엘리베이터를 타니 타이타닉의 한 장면이 떠오른다. 문이 열리고 노란빛 조명이 비추는 선내를 보니 괜히 턱시도를 입어야 할 것 같다. 구명보트는 적절하게 실었을까? 바닷물은 차갑겠지? 짧고 쓸모없는 걱정을 하며 객실에 들어왔다. 4인실이었지만 혼자 뿐이라 사실상 1인실이었다. 편하게 짐을 풀고 샤워부터 했다. 따뜻한 물이 샤워기에서 콸콸 나왔다. 물이 이렇게 잘 나오다니 바닷물을 끌어올려 쓰나? 물맛을 보았지만 짠맛은 없다.

샤워를 마치고 선내를 둘러보았다. 레스토랑, 수영장, 도박장, 바 등 다양한 시설이 있었으나 비수기라 그런지 대부분 운영하고 있지 않았다. 선상으로 나가 밤바람을 맞는다. 배는 어느새 항구로부터 멀리 떨어져 있었고 아직 남은 도시의 불빛들이 밤바다를 비추었다. 배의 안전 울타리 위에 올라가 양팔을 벌리고 타이타닉 자세를 펼쳐본다. 어두운 바닷바람을 실컷 맞고 선내로 들어오니 페리 탐험도 대략 끝난 듯하다.

바에서 진토닉 한 잔을 주문한다. 선상의 알코올이란 본디 거칠고 낭만 있는 것이지만 막상 마셔보니 배가 흔들려 술맛이 좋지 않다. 인터넷도 되지 않아 무료함을 느끼기 전에 진토닉을 서둘러 비웠다. 객실로 돌아와 누우니 조금은 아쉬우면서도 마음이 편하다. 잠든 사이 가져다 줄 아침의 항구를 기다리며 잠을 청한다.

27. 피자의 본고장

♀ : 이태리, 나폴리

노릇한 도우에 고운 토마토소스
위에는 바질이 까꿍
담백한 향과 쫄깃한 식감이 퍼져

줄 서있는 저 사람들을 보라
진열된 상장에서 묻어나는 품격
천년의 화구에서 흐르는 피자의 맛

역시 피자는 파파존스

'나폴리 피자, 나폴리탄 스파게티'

음식 앞에 붙은 지역명으로부터 유구한 역사와 뿌리 깊은 원
조의 맛이 느껴진다. 아침 햇살이 밝기도 전이지만 나폴리 피자
를 먹을 생각에 피자집부터 찾아본다. 짐을 놓기 위해 도착한 호
텔에 마침 나폴리 피자집의 정보가 있었다. 나폴리에서 가장 유
래가 깊고 사람이 많다는 피자집으로 오픈 시간에 맞춰 향했다.

일찍 도착했음에도 가게는 손님으로 붐볐다. 마침 남은 자리
는 동석을 해야 앉을 수 있는 딱 한 자리. 옆 사람과 인사를 나
누고 피자를 함께 주문한다. 기다리는 동안 가게를 둘러보았다.
도우를 만드는 사람, 토핑을 올리는 사람, 화구에서 피자를 넣고
빼는 사람 등등 명확한 분업에서 전통과 경력이 느껴진다. 테이

블과 인테리어는 허름했으나 벽에 붙은 읽지 못할 상장과 증명서들이 이들의 명성을 실감케 했다. 이보다 더 허름한 화구는 장인의 향을 풍긴다.

화덕에서 갓 나온 나폴리 피자를 영접한다. 토핑은 토마토소스 위에 깔린 몇 가지 향신료와 바질 조금이 전부로 보인다. 나폴리에서 먹는 나폴리 피자라니 복합적이고 감격스러운 심정과 상반되게 외형은 꽤나 단순하다. 무슨 맛일까 한 입 베어 무니 피자 속 토마토와 치즈가 깊게 스며 들어온다. 쫄깃한 식감이 굉장히 고소하다. 피자를 먹으며 토핑보다 도우가 더 맛있게 느껴지는 것은 처음이었다. 원래 도우라 함은 한 조각이라도 대충 뜯어먹다가 배가 부르면 버리기까지 하는 하찮은 존재가 아니었던가. 치즈

크러스트라는 가치를 부여해야만 비로소 전부 먹을 수 있는 것이 도우라고 천대해 왔으나 나폴리의 도우는 달랐다. 정말 쫄깃하고 오히려 도우 쪽을 더 먼저 먹고 싶을 정도였다.

나폴리의 맛을 한껏 즐기고 나니 어느새 빈 그릇만 남아있다. 역시 본토의 맛은 실망시킨 적이 없다. 밖에 줄 서서 기다리는 사람들과 눈이 마주치지 않았다면 한 판을 더 주문했을지도 모른다. 다른 사람들도 이 맛을 함께 즐겨야 하기 때문에 아쉬운 마음을 두고 자리에 일어난다. 가장 먼저 피자를 해치우고 나가는 모습에 대기하는 사람들의 눈빛이 우호적이다. 눈을 마주치는 이들에게는 굳게 끄덕거리는 동작으로 피자의 맛을 설명한다. 그들은 내가 한국인인지 알 수 없었겠지만 한국인의 빨리빨리를 보여준 것 같아 혼자 뿌듯하다.

숙소에 돌아와 피자의 맛을 곱씹었다. 도우의 쫄깃함은 인생 최고의 맛이었다. 하지만 자극적인 한국의 치즈 피자가 생각나는 것은 왜일까? 피자의 양이 부족했거나 프랜차이즈의 맛에 길들여졌나 보다. 한국에 돌아가면 토핑을 가득 쌓아 올린 상업성 가득한 피자를 먹으련다.

28. 낙엽과 단풍

♀ : 일본, 도쿄

머리 앞으로 떨어지는 노란 은행나뭇잎 한 장

벌써 가을인가 싶어 올려다본 나무에는

내려보는 초록잎들의 시선이 암연하다

노란 옷 먼저 갈아입고 이리저리 으스대다

어느새 홀로 떨어졌구나

여전히 노랑빛 곱긴 하다만

바닥에 져버린 너를 누가 알아주겠는가

너는

아름다운 단풍이 먼저 된 기쁨이 더 컸을까

낙엽으로 먼저 떨어져 버린 상실이 더 컸을까

29. 따뜻하다

♀ : 헝가리, 부다페스트

바람이 차다

강을 거니는 배 위에서 온 바람을 맞는다

춥다

옷을 한 겹 더 입을걸

황금색 건물이 눈을 감싼다
따뜻하다

웅장한 황금빛 조명 아래
얼어가는 손가락에도
눈동자만 따뜻하다

생각의 빈부격차

♀ : 태국, 방콕

　태국은 빈부격차가 큰 편이다. 크고 멋진 백화점에서 나와 잠시만 걸어도 무너질 것 같은 건물을 쉽게 볼 수 있다. 5분 전만 해도 시원한 에어컨 바람에 명품이 가득한 매장이 즐비했는데, 어느새 찌는 더위에 뜨거운 음식을 파는 길거리 음식점은 물론 구걸을 하는 노인도 있다. 급격히 변한 배경에 적응이 어려워

잠시 혼란에 빠질 때도 있다. 이렇게나 짧은 시간에도 다른 삶이 있는데 지금 이 순간 대한민국은, 브라질은, 핀란드는 얼마나 다양한 삶이 살아가고 있는 것일까?

　여행을 하며 여러 사람과 배경을 훔쳐보다 보면 다양한 삶을 인정하게 된다. 서울에도 어떤 도시보다 많은 사람이 살고 수많은 직종과 다양한 일을 볼 수 있지만 타지에서 유독 크게 다가온다. 실제로 더 다양한 일을 본다는 이유도 있지만 배경의 이질감과 일상에서 해방된 곳인 까닭도 있을 것이다. 시골이나 빈

민촌에 오면 인정이라는 감정은 더욱 짙게 다가온다. 이러한 생각의 기반은 아마도 '이런 곳에서도 열심히들 살아가는구나'라는 얄팍한 우월감일 것이다. 허름한 건물에서 일하는 사람도, 거대한 빌딩의 주인도 방법만 다를 뿐이지 각자 자신의 세상에서 잘 살아왔을 것인데 빌딩의 주인이라면 나보다 훨씬 높은 위치에 있으니 평가할 수 없다고 생각해 나보다 낮아 보이는 이들을 보면서 더 열심히 살아가야겠다는 역겨운 응원을 건네는 것이었다.

빈곤한 생각에서 오는 빈부격차로 오늘 하루 나의 마음은 가난하기 짝이 없다.

세렝게티의 별은 늘 빛나고 있었다

♀ : 탄자니아, 세렝게티

네가 행복한 꿈에 취해있을 때
별은 빛났다

슬피 울던 깊은 밤에도
별은 여전히 빛나고 있었다

하이에나가 밤새 울 때도
들소가 풀을 뜯을 때도
임팔라가 사자에게 목이 물리는 순간에도

별은 늘 빛나고 있었다

어느 날은 자연 풍경에 넋을 잃고 해가 넘어가는 것을 지켜
보았다. 행복했다.

지난날은 아쉬운 과거와 부끄러운 행적이 떠올라 후회되었
다. 반성했다.

어떤 날은 아무런 길도 찾지 못하는 막막한 미래를 걱정했다.

홀로 여행을 한다는 것은 나만의 시간을 풍요롭게 보내는 사치이자 자신과의 끝없는 대화이다. 대화의 가장 흔한 주제는 과거의 반성 또는 미래와의 대화였다. 고칠 수도 없는 과거의 선택을 후회하다가도 무엇을 찾는지도 모르는 미래를 허공에 그렸다. 자신과의 대화가 지겨울 즈음이면 자연에 감탄하며 경외를 보냈다. 어느 날은 모든 것을 잊을 정도로 즐거웠고 어떤 날에는 이유 모를 후회가 한꺼번에 몰려오기도 했다. 퇴사와 여행이라는 결심은 처음으로 선택한 인생의 비포장도로이자 삐딱선이기에 다음 길이 보이지 않았다.

누군가에게는 하찮아 보일 수 있지만 미래를 개척해야 하는 현재가 배부른 고독이자 고뇌였다. 평범하게 순리대로 살 수 있는 인생이었다. 괜히 꿈을 찾고 싶다는 거창한 핑계하에 퇴사를 한 것은 아닐까. 해는 여전히 잘 뜨고 지고 있고 별은 늘 빛나고 있었다. 바뀌는 것은 깊어지는 고민과 걱정뿐.

세렝게티의 깊은 밤만큼 고뇌가 진하게 파고든다. 어제의 고민과 오늘의 고민이 같은 고민임에도, 지금 빛나는 별이 어제도 빛났던 별이건만 고뇌만이 더욱 깊은 밤이다. 내일도 빛날 저 별처럼 내일의 고뇌도 오늘과 같을까 두려워지는 짙은 어둠이다.

누군가는 지금도 행복이 넘치는 시간을 보내고 누군가는 우울감에 휩싸여 홀로 고통받고 있을 것이다.

일을 하는 사람도 있고 별똥별을 기다리는 이도 있을 것이다. 태어난 이가 있고 죽는 이가 있을 것이다.

오늘의 고통이 미래의 행복이고 어제의 행복은 미래의 슬픔이었다.

아무 생각 없이 잠이 든 날에도
술에 취해 정신없이 흘러간 밤에도
하이에나의 울음소리가 세렝게티의 고요한 밤을 메우는 지금도
별은 늘 빛나고 있었다.

32. 경멸을 성토하며

♀ : 싱가포르

삶이라는 겹에
지혜만 쌓이길 기도했으나

살아간다는 것은
경멸의 퇴적물을 쌓아가는 과정임을

실망과 위로의 파도가 몰아치다
시야를 가로막은 퇴적물에
마음은 장님이 되었다

고뇌의 구덩이에서 헤매이다
오늘도 경멸을 쌓았다

와인의 신대륙

: 이태리, 제노바

독락한 세월은 허송이었던가
와인바 앞 발걸음이 가련하다

문을 열고 디딘 한 걸음은
콜럼버스의 내딛음이여

미소로 화답하는 주인장
따스히 환영하는 조명

와인과 치즈의 성가가 울리던 그날
여행자는 신대륙을 발견했다

먼 옛날, 혼자 밥을 먹는, 소위 혼밥이 뉴스거리가 될 만큼 흔하지 않은 시절에도 이미 능숙하게 혼밥을 즐기고는 했다. 취업 준비를 거치며 단련된 혼밥 스킬은 웬만한 식당은 물론이고 뷔페와 고깃집 정도도 어렵지 않을 정도로 성장해 있었다. 가끔 생각을 정리하고 싶을 때면 혼자 마시는 술도 마다하지 않았다.

여행 중에는 당연하게도 대부분의 식사가 혼밥이다. 유명한 맛집에서도 오래 기다릴 필요가 없다는 것은 아주 큰 장점이다. 또한 대화나 격식을 따로 차리지 않아도 되므로 음식의 맛에 100% 집중할 수 있다. 간혹 입맛에 안 맞는 음식을 먹을 때면 백종원 아저씨에 빙의해 "재밌는 맛인데?"라며 위로했다.

제노바에 도착하고 꼭 해야 할 리스트 중 하나는 '주점에서 와인 마시기'이다. 어릴 때 했던 대항해시대라는 게임의 발자취를 따라가기 위해서였다. 대낮에 도착한 까닭에 날이 어둑해지길 기다리며 유명하다는 수제버거집에서 요기를 했다. 도시에 가로등이 켜지자 미리 찾아 놓은 작은 와인바로 향했다. 골목길에 위치한 바였기에 한 번 길을 헤매고 왔던 길을 다시 찾아와 간판을 살펴본다. 그러고는 마치 잘못 찾았다는 듯이 다시 한 번 골목길을 돌아본다. 세 번을 확인하고 나서야 마음을 굳게 먹고 문을 연다.

 긴장했던 마음과는 다르게 반겨주는 주인의 미소가 참으로 인자하다. 커다란 코에 희끗희끗한 머리카락, 다부진 체격과 상반되는 선한 눈이 게임 속 주점 아저씨와도 닮아있다. 환상적인 첫인상에 마음이 안정됐다. 따뜻한 조명에 수기로 쓴 듯한 메뉴판을 보니 더욱 평온해지는 기분이었다. 이태리어를 못하는 손님, 영어를 하지 못하는 주인의 대화의 언어는 몸짓이 된다. 맥주 한 잔을 주문한 뒤 주점을 더 둘러보았다. 아기자기한 크기에 나무로 만든 원형 테이블, 지하에는 눕혀진 와인들이 아주 가지런히 진열되어 있었다. 고민했던 시간이 아깝지 않게 볼수록 마음에 드는 곳이었다. 맥주로 목을 축이고 와인 한 잔을 추가로 주문했다. 와인과 함께 나오는 치즈 플레이팅은 감탄사가 나올 정도로 예쁘고 맛있어 보였다. 주인아저씨는 각각의 치즈를 이태리어와 영어를 섞어가며 설명해 주었다. 와인 한 잔을 시켰을 뿐인데 나온 치즈 플레이팅을 보니 절대 한 잔으로 끝날 수 없다고 직감했다. 와인 한 모금을 마신 후 조그맣게 치즈를 잘라 입에 넣는다. 한참이나 남은 치즈들이 말을 건다.

'이렇게 맛있는데 한 잔만 마시고 갈 거야?'

대답은 주인장에게 한다. 손짓과 몸짓으로 주문한 와인 한 병이 테이블에 놓이자 조금은 주접스럽게 와인을 잔에 가득 채웠다. 이전에 마셨던 와인에서는 알지 못했던 또 다른 맛이 느껴졌다. 와인의 진가를 처음으로 느낀 순간이었다.

다시 한 모금.

와인과 치즈가 어우러지며 성당에서는 종소리가 들린다. 깊어지는 것이 종소리인지 와인맛인지 모를 만큼 스며든다.

겨울밤, 콜럼버스의 고향인 제노바에서 여행자는 와인의 신대륙을 발견했다.

34. 지나간 것

♀ : 캄보디아, 시엠립

장대한 사원은 낡은 손길에 몸을 숨기고
돌상은 묵념에 잠긴다

중생의 눈에는 중생이 무연하니 혜일을 이해할쏘냐

색이 바랜 돌상일 뿐 여전히 돌이고 상인데
무너진들 일어선들 구박에 벗어날쏘냐

여행의 목적은 다양하다. 자연, 유적지, 문화와 예술, 음식, 휴식 등의 복합적인 이유이다. 캄보디아를 여행하는 사람들은 특이하게도 앙코르와트라는 오직 단 하나의 이유로 오는 이들이 많다. 앙코르와트가 있는 씨엠립은 자연과 친한 도시이다. 나쁘게 말하면 개발되지 않아 교통이나 의료 등의 불편한 점이 있었다. 대신 조용하고 평화로운 분위기 덕분에 마음이 편해진다.

씨엠립의 조용한 숙소에서 한껏 느릿한 하루를 음미하고 고대하던 앙코르와트로 아침부터 향했다. 앙코르와트 주변에는 비슷한 유적지가 아주 많이 있고 하루에 다 보기 힘들 만큼 규모가 굉장히 컸다. 현지인 택시 가이드가 영어를 굉장히 잘해서 각

유적지의 유래와 역사를 심도 있게 들을 수 있었다. 기사님은 캄보디아 정부 부패를 강하게 비판하며 현지인들끼리 이런 얘기를 하면 잡혀갈 수 있을 정도로 자유가 제한되었다고 한탄했다.

캄보디아는 지식인이 몰살되는 킬링필드 사건으로 인해 나라를 발전시킬 동력을 잃어버린 나라로 평가된다. 정부의 부패가 심각했고 이는 사회의 부패로 이어졌다. 공항에서부터 규정 외 팁을 요구하는 일을 겪으면서 부패의 분위기는 이미 직접 체감한 뒤였다. 수많은 주변 유적지를 돌고 정부 비판을 한참 듣고 나자 앙코르와트 유적지 앞에 도착했다. 앙코르와트는 부실한 관리로 많이 낡고 닳아 있었다. 불상들은 전쟁과 도난 등으로 인해 사라져 있었다. 근래에는 완전히 방치되었던 이 유적을 조금씩 관리한다고 하니 다행이지만 여전히 많은 곳들이 폐허와 같이 방치되어 있었으며 어느 곳이든 누구나 유적을 손으로 만질 수 있었다.

어릴 적부터 동경하던 건축물이 낡아있는 모습을 보니 퍽 안타깝다. 시간이 지나 폐허에 가까워진 유적지를 보니 어릴 때부터 후원하던 난민이 해적이 되어버렸다던 인터넷 이야기가 생각난다. 비록 앙코르와트에 1원도 후원한 적은 없지만 가장 동경했던 유적지였다. 안타까운 마음을 달랠 긍정적인 생각이 필요했다. 그래. 사람도 흙으로 돌아갈 텐데 앙코르와트도 닳고 닳아 흙이 된다면 그것 또한 자연의 이치가 아닐까? 다만 나는 흙으로 돌아가야 할 짧은 삶의 여행자이고 유적지는 미래의 여행자들을 위해 어느 정도 관리는 필요할 것이다. 현재의 낡은 앙코르와트는 어떻게 보면 유명한 유적지로서 자연스러운 모습일지도 모른다. 파르테논 신전과 피라미드도 세월에 의해 빛바랜 모습이 우리가 기억하는 현재 모습이듯 앙코르와트도 닳고 지나간 것을 지금의 모습이라 생각하기로 한다. 누군가 노래했다. 지나간 것은 지나간 대로 그런 의미가 있다고.

소년의 꿈

♀ : 이태리, 제노바

위대한 모험가를 따라
세계를 모험하던 아홉 살의 소년은

어느덧 항구에 가고
성당에 기부를 하고
주점에서 와인을 마신다

아홉 살의 소년이 꿈을 이루었을 때 나는,

꿈이 없었다

　당신의 고향에 도착했습니다. 저에게는 세계여행이라는 목표가 생긴 꿈의 고향입니다. 항구에 도착해 앉아 있으니 500년 전 당신이 출항했던 모습이 상상됩니다. 20년 전에는 제가 당신과 이곳에서 출항했던 게임 속 추억이 떠오르네요. 교역소와 조선소는 통 보이질 않아 들를 수가 없었습니다. 주점은 차고 넘치게 많네요.

도착하자마자 여관에서 한 스페인 친구를 만났습니다. 이름은 마누엘인데 우리가 함께 모험했던 항해사와 같은 이름이었던 것 같네요. 어제는 저녁에 도착했기 때문에 곧바로 항구로 오지 못하고 마누엘과 맥주를 마셨습니다. 당신의 첫 항해사였던 이태리 친구처럼 마누엘도 굉장히 능력 있고 멋진 사람이었습니다. 술을 좋아하는 것도 비슷하네요. 술집에서 많은 얘기를 나눈 후 성당에도 들렀습니다.

날이 밝아 이렇게 항구에 앉아 있으니 기분이 묘합니다. 마치 20년 전 당신과 떠난 모험이 끝났던 순간처럼 아쉽고 섭섭한 감정이 듭니다. 당신과 함께 꿈꿔왔던 여행은 여기에서 마침표를 찍으려 합니다.

그런데, 저의 꿈은 무엇인가요?

36. 모히또에서 쿠바 한 잔

♀ : 쿠바, 바라데로

진하게 깊어지는
초록색 조명의 맛

그윽하게 바라보는
시가의 시선

강렬하게 박히는
모히또의 합주

쿠바는 다른 나라와 확연하게 다르다. 입국심사부터 굉장히 분위기가 무겁고 까다롭다. 꽤 많은 질문과 답변이 끝나고 나온 공항 밖은 아주 어두웠다. 쿠바는 숙박 어플에서 호텔이나 게스트하우스를 예약할 수 없다. 에어비엔비가 가능하지만 예약할 수 있는 숙소가 많지 않다. 까사라는 숙박 시스템이 있는데 직접 숙소를 방문해서 예약을 하는 것이 일반적이다. 대책 없는 여행자는 쿠바에 도착해서 직접 숙소에 방문하면 될 것이라는 이유 모를 자신감으로 묵을 곳 없이 쿠바에 도착했다.

쿠바는 인터넷이 제한적이라 아무 때나 사용할 수 없고 까사도 밤에는 모두 문을 닫는다는 것을 간과하고 있었다. 쿠바가 어두운 것인지 쿠바에 도착한 나의 앞날이 깜깜해진 것인지 모르겠으나 쿠바의 밤은 어둡다. 지하철이나 버스가 있을 리 만무하여 모두 합승 인원을 구하며 택시를 타고 있었다.

위기의식을 충분히 느낀 터라 신속하게 다른 여행자를 스캔하였다. 머리가 곱슬인 어떤 여자가 정류소 쪽에서 두리번거리는 것을 보니 합승할 인원을 찾는 것 같았다. 빠르게 다가가서 같이 택시 합승을 제안해 본다. 다행히 반가운 표정으로 승

낙하였고 같이 택시를 타고 시내로 들어갔다. 그녀는 나에게 어디서 묵는지 물어보았고 덤덤하게 깜깜한 앞날에 대해 설명하였다. 고맙게도 그녀는 자신의 까사에서 같이 묵자며 초대해 주었고 쿠바의 깜깜했던 밤은 달빛과 별빛이 흘러나와 밝아지기 시작했다.

숙소에 도착하자마자 짐을 내려놓은 뒤 곧장 밖으로 나왔다. 음식점은 모두 문을 닫았으나 술집은 영업 중이었다. 조금 낡았지만 충분히 멋진 간판을 내세운 바에 들어갔다. 초록색 조명, 벽에 스민 그윽한 시가 냄새, 수염을 멋지게 기른 주인장이 근엄하게 반긴다. 이질적인 분위기에 눈으로 맛을 느끼고 입으로 맛을 들었다.

허밍웨이가 사랑하고 대책 없는 여행자가 가장 좋아하는 칵테일인 모히또를 주문했다. 모히또를 들으면 한 배우의 명대사로 인해 몰디브가 떠오르겠지만 사실은 쿠바의 전통음료이다. 모히또와 막걸리가 같은 전통술의 느낌은 아니지만 만약 할리우드 영화 중에 발리에서 막걸리 한 잔 하자는 명대사가 퍼져버린다면 조금 억울할 것 같다.

주인장과 다르게 수염을 말끔하게 민 젠틀한 바텐더가 제조를 시작한다. 경건한 의식을 올리듯 조용히 구경했다. 맑은 리큐어에 초록색 조명보다 더 푸른 민트잎이 싱싱해 보인다. 마지막까지 집게로 정성스럽게 민트잎과 스트로를 놓으며 앞에 모히또가 놓였다. 급격하게 느껴지는 갈증에 크게 한 모금을 빨아들였다. 강한 민트와 독한 럼의 향이 인상적이다. 단 맛이 적으면서 맛이 거칠다. 이것이 진짜 모히또구나.

금방 한 잔을 비우고 데낄라 한 샷을 주문했다. 거칠게 한 샷을 입에 붓자 차가웠던 데낄라가 성대를 타고 들어가며 온몸에 뜨겁게 퍼진다. 그 사이 주인장이 시가를 꺼내 보인다. 담배를 좋아하지 않지만 시가는 중독성이 없고 향을 즐기는 것이라 하기에 한 모금 물어보기로 했다. 라이터로 불을 붙이며 시가를 빨아들여야 하는데 쉽지 않았다. 가까스로 불을 붙이자 시가에서는 커피 향이 난다.

'난 지금 영화 속 배우, 독한 술과 거친 시가를 한 대 물고 연기로 한숨을 내뿜는 고독한 사나이다.'

영화배우로 빙의해 보았지만 겨우 불을 붙이자마자 콜록콜록 거친 기침이 터져 나왔다. 급히 입을 다물었지만 음속을 돌파하는 비흡연자의 기침은 바텐더와 주인장에게 곧장 전달된다.

"으핫하하!"

초보 시가 흡연자를 본 주인장의 웃음이 연기보다 빨리 퍼져 나간다. 이미 우스워졌으니 분위기는 그만 잡고 술자리를 즐기기로 한다. 천천히 다시 시가를 음미하고 새로 주문한 모히또를 들이켰다. 남아있는 커피 향에 모히또가 섞여 혈관을 타고 몸을 채워주는 것이 느껴진다. 오랜 비행의 노곤함 때문인지, 술의 도수가 높아서인지, 혹은 분위기에 취해서인지 금방 취기가 올랐다. 모히또, 시가 한 대, 다시 럼 한잔. 쿠바의 첫 밤은 초록색이다.

바라는 대로

: 쿠바, 바라데로

꼬리 치는 강아지, 얼굴을 부비는 고양이
파란 하늘, 초록색 울타리, 진한 커피
바다와 야자수, 노을과 칵테일

바라는 대로

우연한 것이 바라는 대로 흘러갈 때가 있다. 정류장에 도착하자마자 버스가 왔을 때, 잘못 내린 역 앞에 마침 예쁜 억새풀이 펼쳐졌을 때, 걷고 있던 밤길이 꿈에서 본 장면 같았을 때, 그리고 쿠바에 도착해 우연히 가게 된 까사가 완벽했을 때.

독일인 친구의 도움으로 까마득한 밤에 들어온 까사는 해가 들어오니 굉장히 평화로운 곳이었다. 마을은 숨을 쉬는 듯한 생기가 있었다. 맑은 태양 아래에서 까사 주인과 이웃들이 밝게 인사를 주고받았다. 마당에는 애교 넘치고 조금은 냄새가 나는 강아지가 반겨주었다. 뒤에는 방울을 맨 깨끗한 고양이가 관심 없는 척하며 주변을 서성이다 곧 무릎 위로 올라온다. 강아지, 고양이와 함께 놀며 마시는 진한 커피 한 잔은 쿠바까지 오는 고된 길을 모두 잊게 해주는 평안함을 주었다. 많은 집이 대문이 열려있어 집 앞 길목에는 강아지들이 자기들끼리 한창 놀러 다니다가 지치거나 목이 마르면 각자 집으로 돌아갔다. 어린 시절 휴일의 골목길과 같은 평안함이었다.

　　마을을 벗어나 조금 걸어 나가면 아주 멋진 카리브 해변이
기다린다. 카리브의 강한 햇빛은 노을로 지며 시간마다 옷색을
바꾼다. 칵테일과 함께 주황빛과 보랏빛으로 변해가는 하늘을
마신다.

　　오늘 하루 이대로. 바라는 대로.

: 쿠바, 산타클라라

삶의 모든 것을 내던지고
처음으로 돌아갈 용기

위대한 자의
경이로운 내적 혁명

쿠바에는 어느 곳이든 체 게바라가 존재한다. 벽화로서, 옷으로서, 액자로서. 특히 산타클라라는 그를 대표하는 도시이다. 모든 상점에 초상화가 걸려있다. 특유의 모자와 수염을 기른 사진은 한국에서도 가끔 봐왔던 것이지만 혁명가라는 점 외에는 제대로 알고 있는 것이 없었다. 혁명가라는 말도 잘 이해하지 못했다. 혁명이란 무엇인가? 단순히 정권을 뒤집은 것인지 아니면 새로운 사상에 입각하여 계몽한 것인지 혹은 경제적인 큰 성과를 이룬 것인지조차도 몰랐다.

쿠바로 향하는 비행기에서 뒤늦게 체 게바라 평전을 읽어보았고, 그를 한층 더 가까이서 이해하기 위해 기념관 앞에 다다랐다. 동상 앞에서 잠시 눈을 감고 평전 내용을 되새겨본다. 덥다. 햇빛이 뜨거워 혁명보다는 시원한 그늘막이 우선이지 않은가 하고 불평해본다.

많은 위인이 그렇듯 체 게바라는 대단한 업적 속에 부정적인 평가도 있었다. 이를테면 인종차별주의자였다거나 혹은 그의 업적이 과장되고 미화됐다는 등의 논란이 함께했다. 고작 평전한 권 읽고 기념관에 왔다고 한 위인의 명암을 혼자 판단할 수는 없었다. 다만 별개로 그의 열전에서 가장 감명 깊었던 점은 혁명이나 그 과정이 아닌 혁명 후의 행보였다. 쿠바에서 혁명을 성공시키고 다시 볼리비아로 새로운 혁명을 하기 위해 떠난 것이다. 목표를 달성하고 높은 위치에 오른 후에도 새로운 목표를 위해 쟁취한 모든 것을 버리고 떠났다. 당장의 햇빛이 뜨거워 그늘을 찾는 나약한 나로서는 상상도 할 수 없는 행동이다. 이것을 내적 혁명이라 부르고 싶다.

왕이 된 자가 다시 병사로 돌아가는 모습은 쿠바의 혁명보다 더 위대했다. 혁명가가 되지 못할 범부는 그늘 밑에서 콜라를 마시며 체 게바라를 칭송했다. 나의 작은 내적혁명을 꿈꾸며.

39. 빨간 스포츠카, 파란 카리브해

♀ : 쿠바, 하바나

어릴 적 오락실
아이가 타던 차는 언제나 빨간색

오늘의 빨간 차는 현실이었다며
카리브해의 바람이 크게 말해줬어

요즘은 많이 사라졌지만 호랑이가 담배 피우던 20세기 말에는 오락실이 많았다. 오락실이 있기에 100원의 가치는 굉장히 높았다. 실력만 따라준다면 100원이라는 돈은 30분이 넘게 유흥을 즐길 수 있는 가치였다. 100원이었던 떡꼬치가 200원으로 오르는 역사적인 인플레이션이 일어난 날, 시장에서의 100원의 가치는 폭락했지만 오락실에서만큼은 여전히 100원이 소중했다.

동네의 오락실을 가면 입구 쪽에는 대부분 운전 게임이 있었다. 빨간색 차를 타고 바닷가를 질주하는 그 게임은 오락실에 따라 한 판에 200원이기도 했다. 다른 오락기에 사람이 꽉 차도 운전 게임만큼은 자리가 비워져 있었는데, 비단 200원이라는 고가의 게임비뿐만 아니라 게임 시간이 대부분 5분을 넘지 못하고 금방 끝났기 때문이었다. 떡꼬치를 먹어도 5분 동안은 먹는데 게임 한판에 200원이라니. 무시무시한 게임이 아닐 수 없었다.

쿠바에는 최소 30년 된 올드 카들이 즐비하다. 바라데로에 도착한 날 눈을 가장 반짝이게 한 것은 카리브 해도, 모히또도 아닌 가지각색의 올드 카였다. 어릴 적 오락실에서 봤던 빨간 자 동차들이 그대로 도시에 심어져 있었다. 어렸을 적 쉽게 하지 못 했던 운전 게임을 대신해 하바나에서 직접 올드 카 투어를 해보 기로 했다. 파란색, 핑크색, 노란색 등 수십 대의 올드 카 중 어 렸을 적 게임과 쏙 닮은 빨간색 차가 한 대 있었다. 마침 같이 간 동행도 빨간색 차가 가장 마음에 든다 하여 바로 결정할 수 있었다.

매연을 뿜으며 바닷가로 향하는 빨간 자동차. 오픈카를 처음 타면서 깨달은 사실은 오래된 차의 검은 매연을 막을 수 없다는 단점이었다. 콜록콜록. 터널에 들어갈 때마다 잠수를 하듯이 숨을 참고 머리를 보호했다. 다행히 터널은 길지 않다. 이윽고 바다가 나오고 카리브 해의 냄새가 코끝에 가까이 닿는다.

푸른 하늘과 하얀 구름 아래 파아란 바닷가를 끼고 초록 초록한 들판을 달리는 새빨간 자동차. 어릴 적 게임 속 장면이 현실로 다가왔다. 조금은 벅찬 감동에 현실인가 의심할 때면 바닷가의 강한 바람이 뺨을 때리며 귓속에 외쳤다. '이건 진짜야'

어느 날에 그리울 하루

♀ : 쿠바, 히론

새소리에 잠이 깨어 진한 커피 한잔

어느새 뜨거운 해를 피해

어미 닭과 병아리의 산책을 보고 있다

노을 지나가며 맥주 한 잔

쏟아지는 별을 보고 있노라면

하루가 지나갔다

　조용한 마을 히론은 카리브 해를 바라보는 마을이지만 어떤 곳보다 평화로워 파도마저 고요하다. 도시의 전경은 1960년대 대한민국의 시골과 비슷한 느낌이다. 살아본 적도 없고 태어나지도 않았던 1960년대이지만 교과서에서 사진으로만 본 것 같았던 그 시대의 한적한 시골의 감성이다. 말들은 목줄과 안장도 없이 마음대로 풀을 뜯고 이웃 주민들은 서로를 모두 알고 있는 듯 친근해 보인다. 조용하다 못해 고요한 분위기에서 사람도 동물도 눈치 보지 않고 편하게 일상을 보낸다. 같은 지구에서도 이곳만은 중력이 다른지 하루가 순식간에 지나간다. 아무것도 하지 않아도 지루하지 않다. 무엇을 해도 마음이 편하다.

히론에서의 시간은 아주 빠르다. 새소리와 경운기의 모터 소리가 들리면 아침이다. 해는 고개를 들자마자 강렬하게 내리쬐기에 나무 밑에 앉아 커피를 마신다. 커피를 즐기지 않음에도 히론의 커피는 향기로웠다. 닭과 말은 사람을 개의치 않는다. 병아리는 어미 닭을 따라 들판을 휘젓는다. 가장 더운 낮 시간이 되면 시원한 주스를 한 잔 하고, 《노인과 바다》를 읽다 보면 뜨거웠던 해가 어느새 주황빛이 되어 식어가고 있었다. 먼지 한 점 없는 하늘에 노을이 지면 쿠바의 명물인 랍스터를 마음껏 뜯는다. 달이 뜨면 조용했던 마을에 집집마다 라틴음악이 흘러나오며 파티가 시작된다.

어떤 하루에는 잔잔한 해변에서 수영을 하고 따뜻한 햇빛 아래 잠시 눈을 붙인다. 일어나면 모히또를 마신다. 약간의 취기에 호기로운 친구는 야자수를 딴다. 다시 바다에 뛰어든다. 정숙한 사람들이 이곳에 오는 것인지 이곳에 와서 정숙해진 것인지 다른 여행자도 조용하고 배려심이 깊다. 히론에서는 찍은 사진이 거의 없다. 사진 찍을 생각을 못하고 풍경과 바다, 그리고 사람들에게 그대로 빠져버린 것이다.

삶에서 가장 바쁘고 힘든 어느 날에는 히론이 떠오를 것 같다. 오랜 잠수 끝에 물속에서 나와 산소를 들이마실 때보다, 더운 날 옷과 속옷을 집어던지고 샤워를 할 때보다 큰 자유와 해방감을 안겨준 히론이 그리울 것이다. 미래의 거칠고 힘든 날을 위로해 줄 과거의 평온한 추억 하나를 쌓아 올린다.

Chapter 3

향기에는 이름이 없습니다

70년 동안 함께한 살사댄스

📍 : 쿠바, 트리니다드

쏟아지는 빗속에서 박자를 찾아 걷는 길
어디선가 흘러나오는 흥겨운 라틴음악

살짝 훔쳐본 그림은
세상 어느 풍경보다 아름답던
노부부의 살사댄스

트리디나드의 하늘은 오늘도 맑았다. 노랗고 파란 집들은 어제와 다름없이 햇빛에 반짝였다. 나뭇잎은 초록빛에 눈을 깜빡였다. 말과 개들은 쨍쨍한 태양 아래 달궈진 흙길을 가볍게 걸어 다녔다. 반바지 차림으로 강렬한 햇빛과 시원한 바람을 나눠 가지며 하늘을 한 빈 더 바라보는데 세상이 서서히 어두워졌다. 커다란 구름 뭉치가 보인다. 얼마 후 한 방울, 두 방울 빗방울이 떨어지다 하늘에 구멍이 뚫린 것처럼 비가 쏟아졌다. 한국이었다면 비를 피해 도망가기 바빴겠지만 먼지 하나 없어 보이는 이 마을에서는 빗물에 샤워를 하고 싶은 마음이 피어났다. 장대비를 개의치 않고 맞으며 까사로 향했다. 몇몇 경사가 낮은 골목길은 계곡이 된 듯 발목까지 오는 물살이 생길 정도의 폭우였다.

오랜만에 비소식인지 마을 사람들도 구멍 난 하늘을 구경하다가 웃옷을 벗고 흥겨운 걸음으로 비를 맞는 이방인을 발견한다. 장대비보다 더 귀한 장면이 꽤나 재밌었는지 함박웃음을 지으며 박수를 쳐준다. 비가 아무리 깨끗해도 장대비에 샤워하는 모습은 분명 정상적인 행위가 아닌 것이다. 쿠바의 성난 하늘은 수압 좋은 샤워기였다. 마을 사람들의 응원을 받으며 시원하게 까사 앞에 다다른 순간 거센 빗소리를 뚫고 흥겨운 라틴음악이 들려온다. 파티하기에는 조금 이른 시간이 아닌가 싶어 안을 들여다보니 한 노부부가 음악에 맞춰 함께 살사댄스를 추고 있었다.

　장대비, 라틴음악, 노부부의 합 좋은 살사댄스. 잘 만든 영화의 엔딩에나 나올 법한 장면이었다.

　그들도 내가 궁금했는지 춤을 마치고 나에게 다가왔다. 서로 언어가 잘 통하지 않았기에 몸짓을 거창하게 이용해야 했다. 할아버지는 90세, 할머니는 82세이시며 결혼한 지는 70년이 되었다는 부부였다. 할머니는 귀가 거의 들리지 않아 할아버지는 입모양과 간단한 수화를 이용해 할머니와 대화를 했다. 아주 어릴 때 결혼하여 혁명과 냉전시대를 거쳐 지금까지 살사댄스를 추었고, 어느새 노부부가 된 그들이었다. 대화는 비가 멈출 때까지 이어졌다. 배우자와 70년 간 함께하는 살사댄스라니. 참으로 낭만적인 일이 아닐 수 없다.

결혼할 나이와는 아득히도 먼 중학생 때, 사랑이라는 감정도 제대로 모르는 어린 나이에 결혼하지 않겠다고 다짐한 적이 있다. 사춘기도 끝나지 않은 어린 학생의 귀여운 투정이자 섣부른 판단이었지만, 중학생의 다짐은 꽤나 길게 지속되었다. 배우자와 아이가 있을 때 가져야 할 책임이 너무나 무겁다고 생각해 겁을 먹었기 때문이었다. 이후 배우자를 책임진다는 생각이 아니라 인생의 동행이라 생각하고 같이 성장한다는 시각을 가질 수 있었지만 책임감이라는 짐은 쉽게 떨쳐지지 않았다.

이후에도 간혹 결혼에 관한 가치관을 주제가 나올 때면 '결혼 안 한다고 하는 놈들이 제일 일찍 하더라' 등의 반론을 자주 들었고 대부분 맞는 말이었다. 나 또한 입사 이후 아주 단단했던 결혼에 관한 부정적인 생각에 금이 갔다. '결혼을 할까' 하는 생각도 들었다. 오랫동안 고민했다. 결혼 후 평범한 삶을 살 것인가? 회사를 그만두고 혼자 끝없는 여행을 떠날 것인가?

선택은 후자였고 쿠바의 트리니다드에서 혼자 비를 맞고 뛰어다니고 있다. 결혼한 가정에서 안정된 삶을 사는 나와 지구 반대편에서 혼자 알 수 없는 길을 걸어가는 나. 한 번의 선택이 지금 이 순간만큼은 정반대의 생을 살아가게 한다. 무엇이 더 좋은 선택이었을지는 알 수 없다. 결혼의 기회를 놓친 것을 아직 후회하지는 않지만 어쩌면 오늘은 결혼하지 않은 후회를 미리 경험한 날이 될지도 모른다. 다만 인생에서 어떤 선택을 해도 후회는 있고 정답은 알 수 없다. 비를 맞으며 자유롭게 뛰어다닐 수 있었던 오늘의 삶에 감사하며 나의 길을 감히 기쁘게 걸어가야겠다.

홀로 장대비 속을 기쁘게 뛰어다니는 이에게 70년을 함께한 그들을 만난 것은 동경이자 부러움이었다. 여행하며 만난 어느 풍경보다 빛나고 아름다운 모습이었다.

내일은 비가 오지 않겠지.

42. 금주

🎈 : 태국, 칸차나부리

깨달음을 실천하려는 자

말씀을 따르는 자

자아와 현실을 잊어버린 나

여행 중에 혼자 술을 마시다 보면 낯선 집단에 초대될 때가 간혹 있다. 펍에서 조용히 맥주를 마시고 있는데 한 남자가 말을 걸었다.

"혼자 왔어? 우리랑 같이 마실래?"

우리라고 한 이들은 5명이 넘어 보인다. 경계를 하는 척 하지만 마음 속으로는 이런 깜짝 이벤트를 좋아한다. 못 이기는 척 합석하고 함께 술을 마시며 다른 세상에 사는 서로의 이야기를 시작했다. 새로운 만남에서 이루어지는 술자리는 대부분 과음으로 끝난다. 주류도 소주가 아닌 맥주와 위스키이다 보니 주량을 계산하기 어렵다. 소주였다면 축적된 데이터를 바탕으로 베테랑답게 알코올 남용을 멈추고 잠시 헛개수 음료를 마시는 스킬도 꺼낼 수 있지만 타지에서는 어림도 없다. 아마 나는 취했다. 내일의 숙취는 모르쇠로 일관하고 신나게 오늘을 즐기다 보니 새벽이 넘어간다. 모두가 헤어지고 숙소로 돌아가는 거리에 길강아지가 귀여워 쓰다듬어주며 한참을 놀았다. 술버릇이 따로 없다고 생각했는데 어쩌면 개와 노는 것일지도 모른다.

얼마나 지났을까. 해가 조금씩 뜨는 듯한 느낌과 함께 승복을 입은 스님 두 분이 걸어온다. 반대편을 보니 노인 한 분이 엎드려있다. 강아지와 나는 잠시 멈춰 지켜봤다. 공양을 한다. 성스러운 거리에 불경한 놈은 나뿐이었다. 괜히 마음이 찔려 숙소로 돌아왔다. 머리가 아프다. 모든 것을 얻은 것 같았던 밤이 지나자 남은 것은 두통뿐이다. 이제 술 안 먹어야지. 168회 차 금주 약속을 하는 중생이었다.

43. 그날은

♀ : 프랑스, 니스

그날은,
어느 멋진 도시의 해변이었다

따스한 해가 구름 뒤에서 숨바꼭질을 했었다
숨어있던 해가 잠시 나와 구름에게 메롱하고 놀리면
바다가 에메랄드로 빛날 때였다

아름다운 풍경을 뒤로하고 거닌 동산에서

작은 폭포가 무지개를 담은 때였다

빛나는 모든 것들이 기억하라 속삭이는 날이었다

44. 고향을 향한 기도

♀ : 독일, 도르트문트

고향에 계신 나의 어머니도

100그램에 600원 하는 삼겹살을 드셨으면 좋겠습니다

고향에 계신 아버지,

신선한 선홍빛의 삼겹살을 드시길 희망합니다

나, 고향에 돌아가걸랑

삼겹살 1킬로그램에 3,000원이 넘지 않기를 기도합니다

마트 구경은 언제나 즐겁다. 도시마다 다른 제철과일은 도시의 향과 맛을 느끼게 해 준다. 같은 콜라라도 독일어로 포장된 것과 스페인어로 쓰인 콜라의 맛은 다르게 느껴진다. 제조 공장이 다르다면 실제로 조금 다를 수도 있지만 그 정도로 민감한 미각을 갖고 있지는 않으니 분명 기분 탓이다. 그 밖에도 과자, 맥주와 와인 등 나라마다 각기 다른 제품들을 볼 때마다 늘 새로운 문물을 접하는 기분이다.

스페인에서는 올리브를 잔뜩 먹고 프랑스에서는 치즈 파티를 열었다. 이태리에서는 와인맛에 눈을 떴고 독일에서는 선홍빛 돼지고기에 매료되었다. 마트 구경을 즐기면서 항상 느끼지만 유럽 마트의 식료

품은 놀라울 정도로 저렴하고 신선하다. 다만 외식 물가가 비싸다. 우리나라도 과거에 비해 많이 오르긴 했지만 아직 유럽에 비해서는 저렴한 편이다. 유럽은 어느 식당을 가도 물을 마시기 위해서는 기본 2천 원 정도의 물값을 지불해야 한다. 식당에서 무자비한 물값이 사라지지 않는 한 외식에서의 가격 경쟁은 대한

민국의 승리다.

외식보다 요리를 선호하는 나로서는 대한민국의 마트 물가는 굉장히 불리한 요건이다. 반면 독일 정육점의 고기 값을 보면 벌써 어떤 요리를 할지 설렌다. 100그램에 600원 하는 싱싱한 돼지고기라니. 저것이 냉동되어 한국에 넘어오면 1,500원은 족히 넘어갈 것을 생각해 보라. 이러니 독일 사람들은 어찌 매일 삼겹살을 먹지 않을 수 있을 것인가.

독일은 축산업 시스템이 매우 체계적이고 빨라 고기들이 대체적으로 매우 신선하다. 마트에서 맷(Mett)이라는 돼지 생고기를 파는데 돼지의 생고기는 아주 싱싱한 상태에서만 섭취가 가능하기에 맷은 독일 축산업의 우수성을 보여주는 식재료라 볼 수 있다. 맷은 생 돼지고기를 간 형태로서 잘게 자른 양파,

후추와 함께 빵에 발라 먹는다. 유통기한이 짧아 일반적으로 구매일에 바로 먹으며, 맛은 식감이 매우 부드러운 육회 느낌이다. 씹는 맛이 거의 없고 고기의 느낌은 나지만 돼지 특유의 향은 거의

없다. 독일 여행을 하게 되면 도전해 볼만한 음식이다.

내일은 목살을 사러 갈 것이다. 목살은 삼겹살에 비해 조금 더 비싸지만 한국보다는 여전히 훨씬 저렴하다. 한국의 돼지고기 값이 더 이상 비싸지지 않기를 바라는 마음으로 목살을 구워보려 한다.

📍 : 이태리, 베로나

제노바를 떠나는 새벽은 혹독했다. 싸늘한 바람에 비가 추적추적 내렸다. 가장 가혹한 점은 버스 정류장의 위치가 명확하지 않다는 것이었다. 제노바는 집과 건축물들이 상당히 오래되어 과거의 흔적이 많이 남아있는 도시이다. 오래된 만큼 길이 복잡하고 골목길이나 샛길이 많아 더 매력있게 느껴졌는데, 떠나는 날 발목을 잡을 줄 알았으랴. 스마트폰으로 아무리 찾아봐도 정류장의 위치가 명확하지 않았다. 약 50미터 안에 정류장이 세 곳이 있었는데 가는 방향으로 계산하였을 때 한 곳은 반대쪽이었으니 두 곳 중에 하나였다. 어떻게 할까 고민을 하다 비를 맞으며 두 정류장의 정가운데 서있기로 했다. 한쪽에서 버스가 보였고 전속력으로 뛰어가 제노바로 향하는 것임을 확인한 후 탑승했다. 로미오와 줄리엣의 무대인 베로나로 향하는 길은 이리도 험란했던 것이다.

힘들게 탄 버스, 비로 젖은 옷과 가방, 거친 호흡. 그나마 다행이었던 것은 옆자리에 사람이 없어 넓은 공간에서 정신없는 상황을 수습할 수 있다는 점이었다. 젖은 외투를 대충 구겨넣고 뽀송뽀송한 티셔츠와 양말을 갈아 신자 그제야 새벽의 졸음이 쏟아진다. 한 번도 깨지 않고 눈을 뜨니 베로나에 도착하기 직전이었다. 로미오와 줄리엣의 사랑을 엿보기 위해 도착한 이 도시. 잠시 음악을 듣는다.

'줄리엣, 호! 영혼을 바칠게요'

노래가 아무래도 도시의 풍경과 어울리지 않아 서둘러 껐다. 버스가 도착했고 일어서려는 찰나 창밖의 풍경에 도취되어 잠시 앉아 있게 되었다. 두 가지 아름다운 풍경이 펼쳐졌는데 하나는 공원을 끼고 펼쳐진 예쁜 건물들이었다. 그다음은 버스에서 내린 엄청난 수의 커플들이었다. 잠시 앉아 다시 유심히 살펴보았다.

다시 봐도 모든 이들이 짝을 지어 걸어가고 있었다. 혼자서 걷는 이는 단 한 명도 보이지 않았다. 아무리 혼자 여행하는 것이 편하다고 해도 로미엣과 줄리엣의 도시에서 순도 100%의 커플들을 보니 전의를 상실한 병사처럼 다시 일어날 수 없었다. 힘을 내서 일어나 버스 기사님에게 다가가 물었다.

"이 버스는 어디까지 가나요?"
"베네치아."

마침 베로나 다음에 방문할 도시였다. 베로나에 내리지 않을 용기가 생겼다. 자리에 돌아가 앉아 다시 커플들을 감상한다. 그들은 모두 로미오와 줄리엣이다. 꽃과 나무로 차린 진수성찬 앞에 젓가락 같이 어울리는 짝이었다. 이곳에서 나는 짜장면 앞에 놓인 숟가락처럼 어색하기만 했다. 미련이 생길 틈도 주지 않고 버스가 곧장 출발한다. 그렇게 로미오가 아닌 나는 베로나를 쉽게 포기해 버렸다. 좋은 숙소를 예약했었기에 비싼 숙박비가 날아갔지만 아깝다는 생각은 전혀 들지 않았다. 수많은 로미오와 줄리엣을 본 것에, 그리고 내가 이곳을 곧장 떠나는 것에 만족한다. 다음에는 줄리엣과 함께 돌아오겠다.

봄이었다

꽃 핀 봄
온온한 하루
당신이 꽃을 볼 때

꿀벌의 날갯짓
옅은 바람
당신의 숨소리

나는 들음이었다

47. 꽃이 꽂히다

꽃힌 마음에
매화 꽃잎의 잔향처럼
스스럽게 배어들었다

옷깃에 남은 목소리에
이슬비에 젖은 소매의 향기에
여울지는 과거의 추억에

꽃이었다

자주 예쁜 사람

당신은 자주 예쁜 사람이었습니다

웃을 때 예뻤거든요

그리고 자주 웃었거든요

49. 별의 자리

반짝이고 맑은 별이었소
어두운 마음을 밝혀주는 불이었고
반갑게 맞이하는 빛이었소

가끔 보이지 않으면 미웠다오

나, 마음에 구름이 끼어 보지 못한 것인데
겹장을 치고 어둡다 원망하여 미안하오

50. 혹한

볼때기를 후려치는 채찍 같은 바람이 서러워
촉촉해진 눈가에 눈물 흘릴 새 없이 눈썹이 얼었다

가슴만은 따뜻한 사람이 되자며 온몸 꽁꽁 싸매
죄 없는 볼때기만 벌겋게 부어오른다

당당하고 싶어 가슴을 펴면
옷깃 사이로 파고드는 차가운 세상에
담약한 마음은 다시금 바짝 움츠러든다

어른이야

어르고 달래줘야 하는 어른이야

52. 모기

손을 뻗어도 닿지 않아
애타게 찾아봐도 보이지 않아

너로 인해 뒤척이는 밤
잠 못 이루는 새벽

불끈 쥔 주먹으로 다짐하거니
손바닥 펴고 맹세하거니
우리 꼭 다시 만나요

미화

어느 겨울 소백산맥의 눈꽃은 아름다웠다.
지난 주 마셨던 소주는 달았다.

아니다.
겨울철 등산은 혹독했다. 소주는 분명히 쓰고 독했다.
기억은 미화되어 행복했던 시간만 남았다.
꿈을 찾는 순간도 지나가면 아름다워질까?
헤매는 시간도 돌아보면 값진 경험일까?

나는 어떤 이에게 추억이었을까?

: 홍콩

아무것도 하지 않는다는 것은 불안한 일이다. 1초라는 짧은 시간조차 무엇과도 바꿀 수 없는 소중한 것이라 그런 것일까. 그러기에는 지금까지 많은 시간들을 흘려보냈다. 시간을 소중하게 쓰지 않은 것을 질책하고자 함은 아니다. 다만 허투루 보내는 하루가 있다면 1분 정도는 눈을 감고 숨을 쉬는 것에만 집중하고 싶었다.

명상을 하면 마음이 편안해지고 생각을 정리할 수 있을 것 같았지만 잠시의 공백도 견디지 못해 폰을 만지거나 정보를 찾아야 하는 어설픈 치열함이 싫었다. 놀이동산에서 차례를 기다리지 못해 투정을 부리거나 잠시라도 더운 것을 참지 못해 짜증을 내는 참을성 없는 아이 같은 자신이 못마땅했다.

어릴 적 나는 계란 프라이를 무척 좋아했다. 어머니가 아침 반찬으로 계란 프라이를 만들어 주시면 케첩을 뿌려 계란 범벅을 만들었다. 맛있게 반짝이는 계란 프라이는 잠시 밀어 두고 국과 나물을 반찬삼아 밥을 먹은 후 마침내 밥공기가 깨끗하게 비워지면 밀어두었던 계란 프라이를 한 번에 먹기 시작했다. 케첩소스까지 싹싹 긁어먹으니 접시 위 주황빛은 사라지고 다시 하얗게 되는 것이다. 인내의 시간을 거쳐 가장 마지막에 먹는 계란 프라이의 맛은 언제나 최고였다.

나는 더 이상 계란 프라이를 마지막에 먹지 않는다. 여전히 좋아하지만 다른 반찬들과 적당하게 함께 먹는다. 더 이상 마지막까지 인내하지 않는다. 오히려 먼저 먹어버릴 때도 있다. 어른이 된 후에도 계란 프라이를 마지막까지 인내한 뒤에 먹었다면 나는 더 성숙한 어른이 될 수 있었을까? 짧은 시간에도 폰을 봐야 하는 조급함과 눈앞에 작은 행복만 좇는 성급한 마음에 계란 프라이도 기다리지 못하게 된 것일까?

계란 프라이를 먹고 싶다. 오랫동안 기다린,

55. 유랑

⚲ : 이태리, 베네치아

출렁이는 파도의 작은 몸짓에도

도시는 바지를 적신다

바다에 정박한 도시는

오랜 여정을 마친 항해사의 안식처

우리는 잠시 쉬다가는 탑승객

♀ : 태국, 방콕

솔 미파솔 미파솔 솔라시도레미파

덥고 거친 도로를 방황하는 부랑자
도시에 흐르는 익숙한 음률

잠시 잊고 있던 작은 꿈
살며시 얹어 열원을 보낸다

초등학생 때 특정 요일에는 방과 후에 특별활동 수업이라는 것이 있었다. 과목에 따라 주 1회에서 3회 정도가 있으며 주로 영어나 한문 등의 일반적인 학문이 많았고 첼로, 바이올린 등의 예체능 수업도 있었다. 바이올린부에 들어가고 싶었지만 미래의 성적을 위해 영어부에 들어가게 되었다. 초등학교 5학년이 되었을 때 바이올린을 5년 동안 배운 친구들은 〈캐논 변주곡〉을 쉽게 연주할 만큼 능숙한 연주자가 되어 있었고, 바이올린으로 〈캐논 변주곡〉을 연주하는 것이 미래의 작은 꿈이 되었다.

나이를 먹을수록 바이올린을 향한 열망이 줄어들고 더 이상 배울 엄두가 나지 않았다. 바이올린과 〈캐논 변주곡〉이 잊히던 와중 방콕 지하철 역 앞에서 귀를 어루만지는 부드러운 음률이 흐른다. 어릴 적 들었던 〈캐논 변주곡〉이다. 한 남자가 조금은 매끄럽지 못하게 〈캐논 변주곡〉을 연주하고 있었다. 앞에는 돈을 넣을 수 있는 박스와 안내가 써져 있었다. 외형에서 조금 알아챘지만 안내에 쓰여있는 SNS에 들어가 보니 그는 한국인이었고 오직 〈캐논 변주곡〉만 연주하는 바이올리니스트였다.

'저 사람도 〈캐논 변주곡〉이 꿈이구나.'

〈캐논 변주곡〉을 향한 꿈과 열망이 나보다 훨씬 더 크다는 것에 의심이 없었다. 완벽하지 않은 연주에서 그는 여전히 꿈꾸

고 노력 중이라는 것을 느낄 수 있었다. 어렸을 때부터 배웠던 것은 아닐 것이라 감히 추측한다. 가던 길을 멈추고 푹푹 찌는 방콕의 날씨도 잊은 채 감상했다. 어렸을 적 작은 꿈이 그를 통해 만족되고 위로받는 느낌이었다. 바이올린을 향한 열망이 새록새록 떠오르며 불씨가 재점화되는 것 같았다. 언젠가 〈캐논 변주곡〉을 연주할 날이 내게도 오겠지.

누군가의 행동이 다른 누군가에게는 열망의 불씨를 되살리는 계기가 되기도 한다. 나도 살면서 한 번쯤은 누군가에게 열망의 불씨를 던질 수 있기를 바라본다.

57. 카이막

♀ : 튀르키예, 이스탄불

버터도 아닌 것이 버터보다 고소하고
우유도 아닌 것이 우유보다 부드럽다

바삭한 빵에 발라
달콤한 꿀 살짝 올리면

입 안에서 펼쳐지는 파티의 주인공
카이막

여행을 떠나는 수만 가지의 이유 중 하나는 새로운 것을 먹고 싶다는 것이다. 현지의 분위기와 냄새를 느끼며 맛보고 싶다는 것이다. 한국에 평점 4.9점의 일본 라멘 식당이 있어도 후쿠오카 골목길에 있는 평범한 라멘집이 더 그립기에 여행을 떠나고 싶은 것이다. 현지의 분위기를 함께 먹고 싶은 까닭이다.

여행 중 새로운 음식을 접하면 두 가지로 나뉜다. 아주 이질적인 맛을 갖고 있어 다시는 도전하고 싶지 않은 음식과 새로운 미각을 일깨워 줄 만큼 아주 뛰어난 맛. 터키에는 후자의 맛이 많으며 그 중 최고는 카이막이다.

백종원 선생님의 발걸음을 따라간 이스탄불의 카이막 식당 주인은 이미 우리나라 사람들이 꽤 왔다 갔는지 인사를 하자마자 한국인임을 곧장 알아챘다. 카이막과 물소 우유를 주문할 것을 알았  다는 듯 빠르게 주문을 받았다. 테이블에 앉아 폰을 보고 있는데 한 튀르키예인 부부도 주문을 마치고 건너편 테이블에 앉더니 다가와 말을 걸었다. 드라마를 통해 한국을 알게 되었다는 남자는 함께 사진을 함께 찍자고 제안했다. 튀르키예인 부부가 SNS를 하지 않아 메일 주소를 대신 주고받고 식사를 마칠 때까지 친근함을 표해주었다. 여행을 떠

나는 수만 가지의 이유 중 하나는 새로운 이를 만나는 것이다.

　기다리던 요리가 나왔다. 우선 물소 우유는 형편없었다. 입맛에 맞지 않은 것인지 우유의 비린 냄새가 크게 올라왔다. 토마토 요리는 평범했다. 인상을 살짝 찌푸리며 바게트에 카이막과 꿀을 바른다. 그리고 한 입. 생크림 같으면서도 느끼하지 않은 게 버터의 향을 머금었다. 생크림 케이크를 먹을 때 생크림을 한쪽으로 걷어내는 편이지만 카이막은 조금도 버리기 싫을 정도로 고소하고 부드러웠다. 바삭한 바게트에 부드러운 카이막에서 풍겨오는 고소한 버터향, 거기에 달콤한 꿀이 어우러져 먹자마자 행복으로 가득 찬 웃음이 나온다. 충분히 맛을 음미한 뒤 감았던 눈을 뜨자 반대편에 터키 부부가 나의 만족감에 호응해 준다.

　카이막은 물소젖을 오랜 시간 저온으로 가열한 후 상층부의 굳은 크림으로만 얻을 수 있는 아주 번거롭고 고급진 식재료다. 값이 비싸고 금방 상하기 때문에 저장성이 좋지 않고 물소라는 동물이 생소한 우리나라에서는 구하기가 무척 힘들다. 희귀함이 첨가된 맛은 더욱 달콤했다. 이곳을 떠나면 먹기 힘들다는 것을 알기에 여행을 하는 동안 매일 먹어야겠다는 생각이 들었다. 한 번 간 여행지는 다시 방문하지 않는 편이지만 카이막 때문에 다시 올 것 같다. 생크림도 아니고 버터도 아닌 것이 생크림과 버터를 좋아하지 않는 사람의 마음을 이렇게 매혹시키다니 정말 마법의 음식이다.

58. 동화 속 마을에서

♀ : 네덜란드, 히트호른

강으로 울타리를 짓고
나무 심고 집을 그리면
강아지는 꽃밭을 뛰어다니다

액자에 노란 조명 켜지면
민들레꽃 후후
그림에 꽃 한 송이 심어 본다

　도톰한 이불을 덮은 집 앞에 꽃과 나무로 옷을 입혀놓았다.
가지런히 깔린 잔디 위를 강아지와 닭이 함께 뛰어다닌다. 작은
강은 울타리가 되어주었다. 이곳은 〈스머프 마을〉이다. 상쾌한 날
씨에 그림 같은 마을을 정처 없이 걷다가 나룻배를 타고 작은 강
을 거니니 뛰어다니던 강아지가 가까이 다가와 꼬리를 흔든다.

　모든 것이 완벽한 마을이다. 아주 예쁜 그림 안에 들어와 있
는 기분이다.

　이런 마을에 살면 어떨까?

이곳만큼 아름다운 마을은 아니었지만 굉장히 평화롭고 예쁜 마을에서 1년여 동안 살았던 적이 있다. 뜨거운 국과 밥 대신 빵과 치즈를 아침으로 먹었고 직접 내린 커피 한 잔을 곁들였다. 북적이는 지하철을 탈 필요도 없었다. 30분에 한번 오는 기차를 시간에 맞춰 타고 넓은 들판과 소를 보며 도심지로 향했다. 저녁에는 조금 어두운 조명 밑 원목식탁에서 TV가 없는 식사를 했다. 각종 기념일과 약속 등을 챙겨야 했던 서울과는 달리 축구를 하거나 정원을 다듬는 것이 주말의 일상이었다.

힐링이라는 것을 느낄 수 있는 시간이었다. 두 달 정도가 지났을까? 힐링이 연속되는 삶은 행복하지만 무언가 빈 느낌이었다. 스트레스가 전혀 없는 삶이 오히려 부정적인 감정을 가져온 것 같았다. 상처가 없는데 약만 발라대니 새살이 돋을 리가 없었다. 개인적인 성향으로는 이런 삶이 맞지 않았다. 도시의 삶에 익숙해진 탓인지 원래 기질이 그런 것인지는 알 수 없었다.

모든 것이 완벽한 마을이지만 이곳도 부정적인 감정이 존재할 것이다. 완벽한 삶은 없다. 견딜 수 있는 역경 속에서 행복을 찾아가는 삶을 살고 싶다. 어차피 지금은 이룰 수 없는 소망이기도 하다. 상대방은 고백도 하지 않았지만 내 마음속에서 먼저 〈스머프 마을〉을 거절해본다. 가벼운 마음으로 조금 더 걷다 보니 지고 있는 노을 아래 민들레꽃이 살랑살랑 흔들리고 있다. 저물어가는 해를 향해 민들레씨를 후후 날리며 그림 같은 마을에 하얀색 붓칠로 덧그린다.

▶ 59. 동지

♀ : 튀르키예, 페티예

　　대한민국의 백수 여행자, 미국의 대학생, 콜롬비아의 가수, 독일의 승무원, 필리핀의 회사원, 아르헨티나의 축산업자.

　　튀르키예에서 함께 여행을 하는 친구들의 국적과 직업이다. 처음 만난 곳은 안탈리아라는 도시였다. 국적을 알 수 없는 어떤 여자가 방에서 계속 노래를 부르고 있었다. 친구로 보이는 다른 여자는 흥을 돋는다. 실력이 매우 좋아 듣기는 좋았지만 쉬고 싶어 정숙을 요청하려는 순간, 노래하던 여자가 노래를 멈추고 말을 걸었다.

　　"오늘 뭐 해?"

특별한 계획이 없다고 대답하자 하이킹을 함께 가자고 초대한다. 노래로 인해 잠시 불편했던 마음을 접고 승낙했다. 두 여자는 독일과 콜롬비아에서 각각 왔으며 둘 역시 안탈리아에서 알게 된 사이라고 했다. 올림푸스 산으로 하이킹을 갔다 온 다음날 옆자리에는 미국인이 새로 왔다. 키가 190은 넘어 보이는 큰 덩치의 친구는 할아버지가 6.25 전쟁에 참여했으며 역사와 문화에 관심이 많아 자국뿐만 아니라 동아시아 정세에도 깊은 지식이 있었다. 어느 부분에서는 내가 모르고 있던 점까지 집어줄 때도 있을 정도로 박식했다. 동아시아 중 한국을 가장 좋아한다는 그에게 동행을 요청하여 무리는 넷이 되었다.

넷이서 안탈리아 시내의 카페에서 각자의 음료를 마시던 중 쾌활함을 주체하지 못한 콜롬비아 친구가 다른 누군가와 또다시 대화를 텄다. 점잖은 성격의 아르헨티나인은 축구를 사랑했다. 조기축구회 동호회원으로서 그가 싫을 리가 없다. 여지없이 그도 우리와 함께 한다. 서로 너무나 다르게 살아왔지만 대화가 잘 통하여 다음 도시인 페티예의 여행 계획도 공유했다. 아르헨티나 친구는 여정상 함께할 수 없어 넷만 향했다.

페티예에서는 필리핀 친구를 만날 수 있었다. 그 친구는 두바이에서 일을 하고 있었으며, 영어는 당연하고 한국어까지 굉장히 잘했다. 필리핀에 있을 때 한국어 과외 선생까지 했을 정도였다. 함께 여행하는 동안 영어만 주야장천 사용하여 피로했던 우뇌에 단비 같은 친구였다. 오랜 여행 동안 영어만 사용하다가 한국어로 얘기할 수 있다는 것은 대화 매일 아침 빵만 먹던 일상에서 고슬고슬한 흰밥에 뜨끈한 된장찌개를 먹는 듯한 안락함을 주었다.

동지들은 사교성이 좋은 만큼 수다가 굉장했다. 영어가 아니고 한국어로 이야기했어도 피로했을 것이다. 여행을 하면서 외국인에게 부러웠던 것인데 낯선 사람들과 별거 아닌 주제로 대화를 잘한다. 어디 살고 무슨 일을 하는지 등의 일상 질문이 아닌 역사나 예술, 또는 예상할 수 없는 다채로운 주제로 꽤 심층적으로 얘기한다. 배우고 싶은 점이지만 대화라는 것이 배움보다는 몸에 익은 습관 같은 것이라 그런지 쉽지 않다. 여행하는 기간이 일주일이 넘어가자 일상 대화를 넘어 감당할 수 없는 전문 주제도 자주 나왔다. 미국의 상원과 하원 입법시스템을 독일의 다당제와 비교하며 토론하는 이들 사이에서 나는 하늘과 나무를 바라보는 자연인이 되었다.

　　우리는 파묵칼레까지 거치며 약 3주를 함께 여행했다. 모두 초반에는 터키에 그리 오래 있을 계획이 없었지만 함께하는 즐거움에 터키에 머무는 시간들이 길어졌다. 태어난 곳도, 살아온 곳도, 앞으로 살아갈 날도 다른 이들이 만나 3주간 다툼 없이 여행한 것이 신기하고 행복한 일이 아닐 수 없다. 우리는 한국에서 다시 만나기로 했다. 서로 먼 곳에 있고 일정을 맞추기도 어려워 말뿐인 약속이 될 가능성이 높지만 혹시라도 이루어질 그 날까지 좋은 추억을 접어두려 한다. 생각과 경치를 온전히 즐기기 위해 혼자 여행을 함에도 불구하고 가끔씩 불특정 사람들과 친해지고 깊어질 수 있는 경험은 굉장히 운이 좋고 행복한 이벤트이다.

 : 영국, 멘체스터

　나는 축구를 사랑한다. 아니다. 지금은 좋아한다. 예전에
는 사랑했다. 넓은 운동장을 마음껏 뛰어다니며 패스를 주고받
는 것이 마음을 주고받는 것만 같았고 골이라는 결과를 함께 내
는 경이로운 스포츠를 사랑했다. 야근으로 쪽잠을 자고도 새벽
에 축구를 하기 위해 일어났던 열정은 어떤 것과 비교하기 힘들
정도로 크고 위대했다. 그토록 사랑했던 축구가 좋아하는 것으
로 강등된 계기는 아무래도 축구를 배우게 된 이후부터이다.

성인이 되어 뒤늦게 축구 레슨을 받았다. 레슨을 받고 난 이후부터 축구는 매 순간 생각하고 집중해야 하는 스포츠였다. 당연히 아무것도 모르고 뛰어다니던 시절에 비해서 실력은 늘었겠지만 계속해서 생각하며 움직여야 하는 축구는 정신적으로 더 힘들었다. 그렇다고 무책임하게 마음대로 뛰어다니며 팀에게 해를 끼칠 수는 없었고 스스로 용납되지 않았다. 재밌었던 축구에 어려움이 추가되었다.

배우고 발전하는 것은 보람 있고 행복한 일이지만 가끔은 모르는 상태로 즐기는 것이 더 나을 때가 있는 듯하다. 무지 또는 부족한 실력이 자랑이 될 수는 없지만 무지에 의해 더 즐거

울 수 있고 행복할 수 있기도 하다. 나는 여행을 할 때 여행지의 풍경을 미리 보려 하지 않는다. 영화를 보기 전에도 예고편을 보지 않기 위해 노력한다. 아무것도 모르는 상태에서 마주하고 싶기 때문이다. 반대로 여행지의 정보를 최대한 보고 영화의 예고편은 물론 리뷰까지 미리 보는 사람들도 있다. 음식을 먹기 전에 보고 군침을 흘리듯 최대한 기대감을 높인 후 즐기기 위함이라고 한다.

어느 쪽이든 타인에게 해가 되지 않는다면 나는 무지하고 싶다. 영화나 드라마에 존재하는 수많은 초능력 중에 미래를 보는 능력만큼은 선호하지 않는다. 굳이 예지 능력이 주어진다면 불의의 사고를 예견하거나 로또 번호만 아는 정도면 좋을 것 같다.

당신을 만나러 갈 때 설레는 이유는 당신과 무슨 이야기를 할지 어떤 일이 일어날지 모르기 때문이다. 무언가 도전할 때 떨리는 이유는 성공과 실패를 알 수 없기 때문이다. 무지라는 행복을 즐기고 싶다. 아무것도 모르는 내일이 좋다.

61. 꽃맥주

: 독일, 베를린

황금색 풀잎 위로 하얗게 꽃봉오리를 피웠어요

부드러운 거품 위로 꽃잎 향이 나네요

아직 취하긴 이른데

꽃을 마셨나 봐요

새로운 나라에 도착하면 반드시 빼먹지 않는 절차 두 가지가 있다. 첫 번째는 마그네틱 기념품, 두 번째는 그 나라의 맥주 마시기이다. 일본의 '삿포로', 라오스의 '라오비어'. 유럽에서는 스페인의 '에스트렐라'가 기억나는 맥주 리스트이다. 반대로 체코의 필스너우르켈이나 벨기에의 레페 등은 기대에 미치지 못했다. 아무래도 라거를 좋아하는 개인적 성향상 에일맥주나 도수가 높은 맥주는 매력적으로 다가오지 못하기 때문이다. 스페인 친구에게 에스트렐라가 마셔본 맥주 중에 제일이라고 했더니 말도 안 된다며 손사래를 친다. 에스트렐라는 스페인의 정형화된 상업 맥주 중 하나이기 때문인데 다양한 맥주 회사가 있는 스페인에서 에스트렐라는 너무 평범하다는 것이다. 마치 우리나라 안동에 가서 수많은 전통주들을 두고 초록색 소주가 세계 제일이라고 말하는 것과 비슷할 것이다. 물론 이해는 되지만 무지한 한국인에게는 수천 킬로미터를 날아와 마시는 에스트렐라가 제일 시원하고 맛있다.

탄자니아의 킬리만자로, 아일랜드의 킬케니 등 말하자면 셀 수 없을 정도로 특색 있고 매력 있는 맥주들이 있었지만 가장 예쁜 맥주를 말하자면 독일에서 마신 에딩거이다. 레스토랑에서 갈증을 해소하기 위해 간단하게 주문한 맥주 한 잔에 예상하지

못한 아름다움이 얹혀 있었다. 노란 맥주 위에 예쁘게 말아 올라
간 거품은 식탁 위 꽃병에 꽂혀있는 꽃과 비교해도 모자람이 없
었다. 한 모금 마시기가 아쉬울 정도였지만 탄산이 빠지기 전 서
둘러 목을 축였다. 부드러운 거품이 입을 감싼다. 풍부한 향은
꽃을 마신 듯 후각을 비빈다. 안주로 소시지를 곁들이니 맥주의
맛은 한층 더 깊어진다. 남은 맥주를 비우자 취기가 올라오는 듯
하다. 맥주 한 잔으로 취하는 법은 없었으나 꽃향기 때문인지,
아니면 부드러운 거품에 빠진 것인지 혹은 분위기에 취한 것인
지 모르게 몽롱해진다. 에딩거의 밤은 아늑하다.

Chapter 4

숨을 쉬고 있습니다

62. 과자 사주세요

: 일본, 후쿠오카

　과자가 먹고 싶다. 달콤한 초콜릿이 먹고 싶은 것 같기도 하고, 짭짤한 스낵을 와구와구 씹어 먹고 싶은 것 같기도 하다. 진실한 마음을 알아보기 위해 편의점에 들어가 각종 과자들을 훑어봤다. 다양한 친구들이 화려한 재태로 놓여 있다. 매장 한 바퀴를 고심하여 돌았지만 아직 손에 쥐어진 과자는 하나뿐이다. 하나 더 고르고 싶어 다시 한 바퀴 돌아보려는데 갑자기 행복한 감정이 피어오른다.

초등학생 때 천 원이라는 거
금이 손에 쥐어지면 슈퍼에서 한
참을 고민해야 했다. 무엇을 살
까 결정하는 시간은 과자를 먹는
시간보다 길었다. 어쩌면 그때의
나는 과자를 먹는 것보다 과자를
고르기 위한 행복한 시간을 사
먹고 있었을지 모른다. 대담하지
못한 아이는 결국 작은 과자 하
나만 사서 가게 문을 나가고는
했다. 과자를 사러 가는 발걸음,

슈퍼마켓에 들어갈 때의 설렘, 과자를 고를 때의 행복했던 감정
들이 편의점의 두 번째 레이스를 준비하는 현재의 나에게 고스
란히 전해져 왔다.

참 행복하다. 과자를 살 때 돈이 부족하지도 않고 꾸중을 듣
지도 않는다. 마음껏 과자를 고를 수 있다니. 이렇게 행복한데
무엇을 위해 삶은 치열한 것일까?

63. 야시장

♀ : 베트남, 호이안

알록달록 불빛 아래
달콤한 과일주스

부모님 손 꼭 잡고 놀던 어린 시절
끝나지 않는 밤의 파라다이스

　　요즘 대부분의 하천은 관리되어 깨끗한 편이지만 예전에는 오폐수를 방류하는 일이 빈번하여 더럽고 냄새가 났다. 그럼에도 하천을 좋아했던 이유는 야시장 때문이었다. 여름마다 한 번씩 찾아오는 야시장에는 없는 것이 없었다. 늦게 찾아오는 어두운 밤도 노란 전구빛을 만나면 대낮보다 환해지는 낙원 같은 곳이었다.

솜사탕, 뽑기 등 달콤한 군것질거리와 사격, 동전 던지기, 야구 등의 놀거리가 가득했다. 동전 던지기는 그중 가장 좋아하는 놀거리였다. 정사각형으로 나누어진 판 위에 그려진 선을 걸치지 않고 동전이 선 안으로 온전하게 들어가면 숫자에 쓰여있는 배수만큼 돈을 되돌려 주는 게임이다. 작은 도박과 같았다.

솜사탕을 먹다가 동전 던지는 판이 보이면 아버지에게 두 손 모아 100원짜리 동전을 받았다. 당시 100원은 세상의 모든 것을 이룰 수 있는 가장 작은 단위였다. 떡꼬치를 사 먹을 수도 있고 오락실에서 게임을 하거나 학교 앞에서 불량식품을 사 먹을 수도 있었다. 아주 귀하고 큰돈인 것이다. 귀하고 귀한 100원을 두 손에 꼭 모아 숫자 5를 향해 아주 신중하게 던진다. 사각형 테두리를 밟지 않고 안으로 온전히 들어간다면 100원은 500원이 될 것이다. 500원이면 떡꼬치를 먹고 오락실에서 게임을 한 판하고 불량식품까지 사 먹어도 200원이 남는 엄청난 횡재였다.

물론 성공한 기억은 별로 없다. 쉽게 성공할 수 있었다면 야시장에 동전 던지기 게임은 사라졌을 것이 분명하다. 야시장의 작은 도박판에서 숱한 실패를 경험한 덕분인지 모르겠으나 여전히 도박이 무섭다. 뽑기 확률이 있는 게임에서 간이 작아 큰 배팅을 하지 못한다. 어릴 적 동전 던지기로 잃었던 작은 동전이 당시에는 슬펐지만 기억은 100만 원보다 크고 행복한 추억이 되었다.

호이안은 어릴 적 야시장을 떠올리게 해 준다. 노란 전구보다 크고 예쁜 등불이 시장 전체를 비추고 옆에 흐르는 강에는 작은 배들이 유랑을 한다. 동전 던지기가 없는 것이 아주 큰 차이지만 과일주스와 다양한 베트남 간식이 위로해 준다. 환하고 활기 있는 분위기 아래 진열되어 있는 온 세상의 물건들의 모습은 어릴 적 추억과 쏙 닮았다. 호이안의 등불이 어릴 적 야시장의 풍경을 투영하여 과거는 한층 더 아름다운 추억이 된다.

　현재의 힘든 일이 시간이 지나고 나면 별것 아니었던 것들
이 많다. 당시의 고난을 이겨냈다면 오히려 좋았던 추억이 되기
도 한다. 끔찍할 정도로 힘들었다면 회상하는 것조차 힘들 수도
있겠으나 운이 좋게도 아직까지는 적당히 힘들었나 보다. 현재
의 배부른 고민과 작은 고난도 미래의 자신에게 좋은 양분이 되
길 바란다. 그때의 나는 어른이길 바란다.

♀ : 일본, 교토

작은 세상은 주머니 속에 넣고
나를 돌아봐

늘 보던 하늘이지만
아무 생각 없이 창 밖을 봐준다면
파랑을 줄게

많은 사람이 자신의 시간이 스마트폰에 허비되고 있는 것을 이미 알고 있다. 분명한 목적으로 스마트폰을 사용할 때도 있지만 대부분은 습관적으로 사용한다. 스마트폰 사용을 줄이기 위해 아무리 노력해도 SNS나 유튜브를 보다 보면 1시간은 순식간에 지나가는 것이 스마트폰 세상에 적용된 상대성 이론이다.

특별하고자 노력했던 나의 삶도 스마트폰과의 대결에서 백전백패하는 것이 일상이었다. 폰을 가방에 넣어두거나 사용 제한 앱을 설치해도 1주일 이상 가는 것이 드물다. 투쟁의 결심에 조금이라도 균열이 생기면 다음 날은 어김없이 스마트폰을 수시로 확인했다. 어느새 취침하는 순간까지도 계속 보게 된다. 폰을 꺼놓는 방법도 사용해 봤다. 패드와 워치로 연동하여 긴급 통화나 메시지만 받을 수 있게 했다. 꺼두었던 스마트폰을 저녁에 돌아와 켜서 쌓인 메시지나 인스타그램을 볼 때면 격한 운동 후 시원한 맥주를 한 잔 마시는 듯한 쾌감이 돈다. 그만큼 중독이 된 것이다. 스마트폰을 사용하지 않으면 일상에서 차이가 바로 느껴진다. 일에 집중력이 높아지고 실수가 줄어든다. 깊은 생각이 가능하고 단기적인 기억력이 향상되었다. 분명 삶에 발전적인 모습이 눈에 보이는 것을 알지만 '금폰'은 오래가지 못했다.

흡연자가 아니지만 만약 담배를 끊는 것이 스마트폰 끊는 것과 같이 어렵다면 담배를 평생 끊지 못했을 것이다. 흡연자 친구에게 물어보면 담배가 훨씬 더 어렵다고 한다. 담배를 끊는 것은 얼마나 대단한 일인 것인가. 담배를 끊은 것, 혹은 결심 후 아직까지 참는 것에 성공 중인 아버지를 비롯한 수많은 금연가들은 박물관에 존함을 새겨 후손들의 귀감이 되기에 충분한 자격이 있다.

여행은 자연적으로 '금폰'을 이루게 해 준다. 해외에서도 카페나 숙소에서 스마트폰을 계속 보는 여행자들이 있겠지만 다행히도 나는 여행 중에 폰을 잘 사용하지 않는다. 길 찾기와 사진을 찍고 싶을 때 주로 이용하는데 경치가 아주 예쁠 때는 사진 찍는 것을 잊어버릴 때도 간혹 있다. 덕분에 평소에 하지 못하던 많은 생각을 할 수 있다.

여행이 행복한 이유는 스마트폰의 사용이 적어져서 일지도 모른다. 작은 폰 안의 세상보다 멀리 있는 저곳을 볼 수 있어서이다. 마침표를 찍으면 하늘과 먼 곳을 봐야겠다.

65. 보석 세공사

📍 : 몰타, 코미노 섬

푸른 바다 위 반짝이는 다이아몬드
의심할 나위 없이 깊어 보이는 속에 감탄하다

꽁꽁 숨겨 알 수 없던 깊은 속은
어느새 환히 드러내 눈이 시리다

바다를 얼리면 에메랄드 바위가 될 거야
바닷물을 끓이면 에메랄드 구슬이 나올 거야
에메랄드로 바다를 살 거야

사람마다 꿈꾸는 여행지는 다르다. 파리의 에펠탑일 수도 있고 세렝게티의 끝없는 초원일 수도 있다. 지인 중에 몰타에 빠져 유학을 꿈꾸던 분이 있었다. 현실에 맞물려 끝내 이루지 못하였고 오랜 시간이 지난 현재도 큰 후회와 아쉬움으로 남는다고 했다.

몰디브가 가고 싶은 꿈의 여행지라면 몰타는 여행을 하다가 발견한 꿈의 여행지이다. 해변으로 이동하기 위해 배를 타야 했는데 선착장에 들어온 배를 보는 순간부터 이미 꿈같은 풍경이 시작되었다. 15세기 갤리선 느낌을 풍기는 멋진 배를 보자 설레는 마음에 선상에서 잠시 해적 놀이를 했다. 혼자 상상했던 선상에서의 짧은 모험이 슬슬 지겨워질 무렵 바다의 색이 밝아진다.

섬 가까이에 왔기 때문에 수심이 조금 낮아져서일까. 강렬한 햇살에 파란 바다가 눈을 향해 플래시를 터뜨린다. 이쪽에서도 사진을 찍어 맞불을 놓지만 바다의 플래시 세례는 도저히 이겨낼 수가 없다. 스포트라이트가 끝나자 에메랄드색 바다가 보인다.

눈이 시릴 만큼 밝은 바다와 맑은 하늘이 마음속 모든 찌꺼기를 씻어주는 기분이다. 바다 위 황토색의 거친 절벽은 바다를 사파이어와 에메랄드로 나누어 주었고 경치를 즐길 수 있는 휴식터가 되어주었다. 여느 바다와 확실하게 풍경이 달랐다. 지금껏 봐온 것 중 최고의 바다라고 꼽을 만큼 멋진 광경이었다.

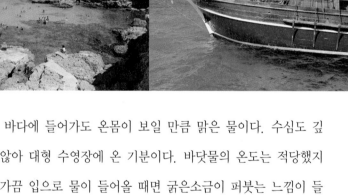

바다에 들어가도 온몸이 보일 만큼 맑은 물이다. 수심도 깊지 않아 대형 수영장에 온 기분이다. 바닷물의 온도는 적당했지만 가끔 입으로 물이 들어올 때면 굵은소금이 퍼붓는 느낌이 들정도로 짠맛이 강했다. 경이로운 풍경에 쉬지도 않고 돌아갈 배가 올 때까지 물놀이를 했다.

누군가의 꿈을 쫓아온 이곳은 이제 다른 이에게 추천할 만한 꿈의 장소가 되기에 충분했다. 바다를 담아가고 싶다. 네모난 얼음통에 얼리면 에메랄드가 될 것만 같은 이 청명한 바다를 갖고 싶다.

같은 사진

: 체코, 프라하

붉은 지붕들이 예쁘다
사진을 찍는다
거리의 음악단이 평화롭다
사진을 찍는다
햇빛에 윙크를 하는 강물이 깨끗하다
또 사진을 찍는다

같은 그림이건만
담은 만큼 간직된다면
밤새 찍을 수도 있을 거야

　유럽에서 체코인과 헝가리인을 구분하지 못하듯 각 나라의
건축물도 잘 구분하지 못한다. 바로크 양식, 비잔틴 양식, 르네
상스 양식 등 학창 시절 이름은 많이 들어봤지만 미술 시간에
공부를 열심히 안 했는지 특징과 차이는 전혀 기억나지 않는다.
건축과 미술 부문에서 교양이 부족한 것을 들키고 싶지 않아 유
럽의 건물은 대부분 비슷하다고 단정지었다. 제로 콜라와 일반
콜라도 잘 구분하지 못하는 자에게 수많은 유럽 나라의 건축 특
징을 구분하라는 것은 가혹한 일이다.

    비록 건축에는 문외한이지만 무엇이 예쁘고 뛰어난지는 느
낄 수 있다. 제로 콜라는 구분 못해도 어떤 콜라가 맛있는지 혹
은 사이다가 맛있는지는 알 수 있는 것이다. 프라하는 유럽의 비
슷한 맛 중에서 가장 맛있는 거리이다. 낮은 산과 강이 있고 대
지는 넓지만 건물은 아기자기하며 붉은 지붕의 색감이 정갈하
다. 탑 위에 올라가면 프라하의 전경과 한눈에 들어온다. 다리
위에서 거리의 음악단이 클래식 음악을 연주한다. 가장 감동적
인 연주는 역시 바이올린의 독주이다. 강물은 햇빛을 받아 탑을
향해 쉴 새 없이 윙크를 한다.

시각과 청각은 만족하였으니 미각의
욕구를 채워주고자 탑에서 내려와 체코
맥주의 대명사인 필스너우르켈 캔맥주를
마신다. 시원하고 강하다. 곧바로 생맥
주에 도전한다. 생맥주 필스너우르켈은
생각보다 강했다. 종류가 달랐는지 확인

할 수는 없었으나 소주를 왕창 넣은 소맥인가 싶을 정도로 강했
다. 좋아하는 사람은 헤어 나오지 못하겠지만 내 입맛에는 맞지
않았다. 맥주의 도수가 강했던 탓인가 꽤나 어질어질한 정신으
로 사진을 찍는다. 눈으로 찍고 스마트폰으로 찍는다. 어느새 해
가 저문다. 다시 맥주 한 캔을 사서 강가에 앉는다.

저무는 해를 찍는다. 날이 완전히 저물고 나서야 숙소에 돌
아왔다. 하루 종일 먹은 음식이 빵 하나와 맥주 세 잔이지만 배
가 고프지 않다. 풍경을 먹고 햇빛에 비친 햇살을 마셨기 때문일
까. 도시의 전경을 눈으로 먹어서 그런 것일까. 순식간에 하루가
지나갔다. 풍경이 가장 예쁜 도시였다. 같은 구도의 사진은 여러
번 찍지 않지만 프라하의 사진들은 똑같은 사진들이 아주 많다
는 것이 이를 증명한다.

67. 아, 테네

📍 : 그리스, 아테네

한 때는

정의로운 이들이 격정의 토론을 펼쳤을 거야

꿈을 가진 이들이 순수한 열정을 소리쳤을 거야

사랑에 빠진 이들이 깊은 키스를 나누었을 거야

그 때는

이 도시도 뜨거웠을거야

소크라테스, 플라톤과 아리스토텔레스. 그리스 로마 신화와 올림픽.

아테네의 유적지는 다른 도시와 비교할 수 없는 큰 매력을 풍긴다. 외국인이 보는 서울의 경복궁도 이런 느낌일까? 거대하고 현대 문명에 가까운 도시일수록 그 안에 남아있는 유적지는 더욱 아름다워 보인다. 문화와 역사를 보존하려는 노력이 보이기 때문일 것이다. 현대의 문물과 과거의 유물은 언제 봐도 조화롭다. 아테네가 서울만큼 발전한 도시는 아니지만 기원전부터 이어져온 유적과 역사가 모든 것을 압도할 만큼 오래되고 상징적이었다. 아쉬운 점은 빛이 바랜 신전과 형체를 상당수 잃어버린 현재의 모습이었다.

뜨거운 토론이 오가고 열정적인 승부가 펼쳐질 것 같았던 도시는 겨울을 맞아 생각보다 차가웠다. 비수기인지 관광객도 그리 많지 않아 거리는 휑한 기분마저 든다. 올림푸스의 신들이 모두 떠나버렸는지 그리스 로마 신화에서 보던 화려한 모습은 느껴지지 않는다. 기대와 달리 세월에 깎인 건물과 색이 바랜 신전들의 남은 모습은 꽤나 씁쓸하다. 쌀쌀한 바람에 유적지는 쓸쓸하다. 수천 년 전에는 이곳에서 많은 이들이 끝없는 토론을 벌였을 것이다. 철학자와 궤변론자, 수학자와 과학자 모두 지식을 나누었을 것이다. 올림픽이 열리면 선수들은 온 힘을 다해 달렸을 것이다. 눈을 감고 신전을 다시 세워보았다. 상상 속 아테네는 다시 뜨거워졌다. 눈을 뜨니 회의장은 여전히 적막했으나 뜨거웠던 온기가 조금은 남아있는 느낌이다.

나의 삶에서 가장 뜨거웠던 때는 언제였을까? 좋은 대학을 가겠다며 마음을 굳게 먹고 도서관을 향할 때였을까? 유럽에서 호떡을 팔겠다며 비자를 알아보던 날이었을까? 어느 날이었을지는 알 수 없지만 적어도 지금은 색이 바랜 아테네와 조금 더 가까운 듯하다. 누군가는 지금도 고대 아테네와 같은 뜨거운 날을 보내고 있겠지. 매일을 토론하고 배워가며 나아가고 있을 것이다. 그들이 부럽지만 쇠락한 도시가 다시 부흥하듯 잠시 식은 나의 삶도 뜨거워질 날이 반드시 올 것이라 믿는다. 그날을 위해 준비하는 오늘을 살아야겠다.

변기를 고치자

: 몰타, 발레타

　번뇌에 휩싸인 인간의 욕구 중 가장 큰 욕망은 무엇일까?
지금은 배변의 욕구라고 말하겠다. 화장실이 당장 가고 싶다. 유
럽의 공공화장실은 대부분 유료이다. 유료인 것을 떠나서 화장
실 이용이 수월하지 않다. 물을 넉넉히 마시기 위해 노력하는 우
리나라에서와는 달리 유럽에서는 언제 화장실이 가고 싶어질지
모르기 때문에 외출 시 최대한 수분 섭취를 아낀다. 가능한 숙
소에서 화장실을 이용하고 외출에 나서지만 오늘은 방심을 했나
보다.

　　처음 보는 거리에서 화장실을 도저히 찾을 수가 없어 어쩔 수 없이 눈앞에 식당에 들어가 침착하게 화장실부터 물어봤다. 절대 화장실을 가기 위해 들어온 것이 아니라는 것을 강조하는 듯한 여유로운 질문에 종업원이 흔쾌히 안내를 해준다. 인고의 시간을 거쳐 화장실의 문을 열고 들어갔지만 화장실 변기의 앉는 부분이 살짝 금이 가있었다. 불안해 보였지만 급한 마음에 어쩔 수 없이 살짝 앉았는데 기다렸다는 듯이 변기가 두 조각이 나버렸다. 방법이 없었다. 우선 최대한 조심히 앉았다. 변기가 더 이상 부서지지 않도록 일을 보고 일어나는데 떨어진 두 조각 중 한 조각이 변기 속으로 풍덩 들어가 버렸다.

하아...

　물을 우선 내리고 조각을 조심히 들어 올린다. 분명히 조심히 들어 올렸는데 다시 바닥에 떨어뜨리고 말았다. 세 조각이 났다. 이제 더러운 것은 잊은 지 오래이다. 세 조각을 간신히 맞췄는데 난데없이 수 없이 많은 조각으로 다시 갈라져버렸다. 이미 돌이킬 수 없는 상황임에도 어떻게든 맞춰보려 해 보았다. 당연하게도 이미 조각난 변기는 맞을 리가 없었다. 본드가 있는 것도 아니고 다시 붙일 수 있는 것도 아니니 굳이 조각난 변기를 맞추고 있을 필요가 없었다. 종업원에게 죄를 고하면 끝나는 일이었다.

　"난 왜 이러고 있을까?"

이치에 맞지 않는 과정을 반복하는 이 상황은 꿈이었다. 눈을 뜨자마자 헛웃음이 나왔다. 꿈에서는 무엇 때문인지 변기를 다시 붙여야 한다는 생각에 사로잡혀 다른 대안을 찾지 못하고 빠져 있었다. 이유도 목적도 없는 생각에 사로 잡혀 중요한 것이 무엇인지도 모른 채 헛바퀴만 돌고 있었다. 사고가 1차원에 막혀 어리석은 행동만 반복했다. 참으로 멍청하다. 한 차원 위에서, 한 걸음 앞 미래에서 나를 바라본다면 이와 같을까.

무엇에 사로 잡혀 정답이 없는 삶에 정의를 내리려고 하는지, 알고자 하는 것이 산산조각 난 변기를 다시 맞추는 것처럼 헛된 일은 아닌지, 자그마한 벌레 한 마리에도 놀라 움츠러드는 소담한 인생에서 얼마나 대단한 삶을 보내고 싶기에 어리석은 생각을 반복하고 있는지.

69. 포르투에 가면

♀ : 포르투갈, 포르투

포르투에 가면
부드럽고 달콤한 에그타르트를 드세요

포르투에 가면
뜨겁고 진한 커피를 마셔봐요

날이 부시게 밝을 때
달달한 와인을 마셔요

그리고는 다리에 올라 풍경을 들이켜요
해가 넘어갈 때
고개도 함께 넘어갈 만큼 취해버리면

강 뒤로 넘어가는 해를 꺼내어 먹어요

디저트를 좋아하지 않는다. 디저트를 먹고 난 후 혀에 남아 있는 단맛이 찝찝하기 때문이다. 사실은 디저트를 좋아한다. 먹고 난 후 찝찝한 것은 사실이지만 달콤한 맛을 헤엄치는 순간은 아주 행복하다. 그럼에도 디저트를 좋아하지 않는다고 수년간 스스로 세뇌시켰다. 조금이나마 몸에 지방을 덜 붙이고 싶다는 작은 소망이었다. 디저트를 먹지 않는다고 복근이 생긴 것도 아니었지만 죄책감은 덜 수 있었다.

포르투는 에그타르트의 고향이다. 노랗고 바삭한 빵 위에 부드러운 달걀크림이 얹혀 있다. 한 입 베어 물자마자 달걀크림이 녹으며 고소한 버터향이 입 속에 가득 채운다. 한국에서 맛있다는 에그타르트를 먹어봤지만 포르투의 평범한 카페에서 주문한 타르트의 맛이 압도적으로 훌륭하다. 방송용 멘트를 던지듯이

과장하여 말하자면 해 질 녘 넘어가는 태양이 달콤하면서 부드
럽게 삼켜지는 기분이다. 가격도 1유로 남짓하여 매우 저렴하다.
포르투에 살았다면 다이어트에 성공하지 못했을 맛과 가격이다.

　　포르투는 와인도 매우 유명하다. 포르투 와인은 일반적인 와
인과 다르게 20도가량의 강한 알코올 함량과 동시에 달달한 맛
이 특징이다. 17세기 경 프랑스에서 와인을 수입하던 영국이 프
랑스와 전쟁을 시작하며 와인을 수입할 수 없게 되자 포르투에
서 와인을 수입하기 시작했다. 기존의 프랑스보다 긴 배송거리
로 인해 와인이 상하지 않도록 더 달고 도수가 높게 만들었고
이것이 포르투 와인 특유의 맛이 시작된 배경이라고 설명을 해
주었다. 양조장 체험인 와이너리 투어를 신청하면 역사와 제조
과정을 들을 수 있으며 끝난 후 다양한 와인을 시음할 수 있다.

시음한 와인은 세 잔뿐이었지만 도수가 높아서 그런지 살짝 취기가 오른다. 들어갈 때는 대낮이었는데 양조장에서 나오니 날이 조금 저물었다. 술기운 때문인지 바람에서 포도향이 나는 듯하다. 당연하다는 듯이 도루 강으로 향했다. 마치 우리 동네처럼 자연스럽게 루이스 다리에 올라가자 서서히 해가 진다.

저물어 가는 노을을 보다.

수첩을 꺼내고 펜을 들다.

하루가 기울다.

70. 개척 정신

♀ : 쿠바, 트리디나드

모든 개척자는 위대하다. 새로운 길을 향한 용기의 한 걸음은 성공의 여부와 별개로 존경할 만한 가치가 있다. 자신의 목숨을 판돈으로 삼아 알 수 없는 미래에 배팅했던 위인들은 경배를 받을 만한 자격이 있다. 복어를 먹기 위해 독에 중독됐던 개척자는 얼마나 많았을 것이며, 먹을 것이 모자라 이름 모를 산나물과 버섯을 캐 먹었던 과거의 선조들은 목숨을 걸고 생존을 위한 도전을 했을 것이다. 초콜릿에 민트를 넣은 이는 비록 목숨을 걸진 않았으나 아주 창조적이었으며 피자 위에 파인애플을 올린 요리사의 개척 정신도 참으로 가상하다.

평온한 트리디나드의 마을의 골목에서 이발사를 지켜보고 있
다. 어제도 봤던 이발사다. 낡고 열악하기 그지없는 장비들을 거
리에 진열하고 정성스럽게 이발을 하는 모습에서 장인의 품격이
풍겨온다. 바리캉으로 깔끔하게 정리한 뒷머리는 베일 듯한 날카
로운 각을 유지하고 가위질은 섬세하여 싹둑거리는 소리와 함께
무자비하게 잘려 나갔다. 거리에서 이발을 하는 모습이 신기하여
어제도 한참 지켜봤었다. 같이 있던 한국인들도 신기해했으나 아
무도 그에게 머리카락을 맡길 생각은 하지 않았다.

오랜 여행으로 제법 머리카락이 길어 자르고 싶었던 차, 나는 개척자가 되기로 했다. 장인에게 다가가 머리카락을 자르고 싶다는 의지를 표현한다. 다소 놀라 보이는 듯하면서 미소를 보이는 것이 역시 장인답게 여유롭다. 길거리에서 자르고 싶었지만 바로 앞에 위치한 건물 안으로 안내한다. 특별손님이라 그런 것인가. 의자에 앉으니 다소 긴장된다. 과연 내 머리는 어떻게 될까? 쿠바 스타일로 부탁한다는 짧고 굵은 대사를 비장하게 남기고 그에게 머리통을 맡겼다. 바리캉 소리가 들려온다. 위이잉. 위이이잉.

섬세한 가위질은 건재하다. 바리캉은 거의 사용하지 않고 가위로 스타일을 만들어 간다. 자주 가는 집 근처 미용실의 실력자 나비 실장님도 가위질만큼은 이 분보다 한수 아래일 것이다. 완성. 쿠바 스타일이 되었다. 해병대 머리와 비슷한 것 같으면서 남미의 어느 축구 선수 스타일 같기도 하다. 종합해서 말하자면 생전 처음 보는 머리스타일이다. 까사에 돌아오니 한국인 친구들이 실컷 웃는다. 그래. 누군가에게 짧은 웃음을 줬으면 된 것이다. 어차피 머리카락은 다시 자란다며 위로하는 하찮은 개척자였다.

71. 초보와 고수

📍 : 그리스, 산토리니

마라톤 대회에 나가는 수많은 참가자들의 목표는 각각 다르다. 어떤 사람은 완주하는 것에 목표를 두고 누군가는 4시간 안에 들어오는 것이 목표이다. 3시간 이내의 완주를 뜻하는 SUB3를 향해 뛰는 굉장한 사람들도 있다. 5시간을 넘게 달려 완주한 사람과 3시간 안에 완주한 사람의 기록은 아주 크지만 그들이 이룬 성과와 기쁨에는 큰 차이가 없다. 모두 성취감에 기뻐하고 짜릿해하며 박수를 받을 만한 자격이 있다.

지인에게서 책을 한 권 받은 적이 있다. 저자는 파일럿이고 100km 울트라 마라톤을 완주했으며 출판까지 한 작가였다. 결혼을 하여 아이도 있었다. 한때 파일럿의 잠시 꿈을 꾸었으나 시도도 하지 않았고 42km 마라톤을 목표로 하며 글을 쓰고 있는 현재의 나와 비교해 보면 모든 것을 한 단계 앞서 이룬 사람이었다. 다행히 질투나 부럽다는 감정보다는 멋지다는 생각이 들었다.

게임 중에는 레벨에 따라 서버가 나뉘는 시스템이 존재한다. 또는 실력에 따라 등급이 나뉘어 비슷한 실력이나 레벨끼리만 같이 게임을 할 수 있다. 서버가 달라도 게임의 난이도가 다를 뿐 같은 과정을 거친다. 챔피언이 아닌 이상 나보다 강한 사람은 항상 있다. 약하다고 해서 게임이 재미없는 것이 아니다. 각자의 서버에서 도전이라는 임무를 받아 실패하고 성공하며 강해지는 과정을 즐기는 것이 게임의 재미이다. 현실은 게임과는 다르게 복합적으로 이루어져 있기에 우위에 있는 분야가 각각 다를 것이다. 어떤 분야에서는 레벨이 조금 낮겠지만 성장하는 것에 의미를 둔다면 사는 것도 게임처럼 즐겨볼 만하지 않을까. 파일럿 작가도 나의 기준에서는 이미 많은 업적을 이루었지만 그의 서버에서 다른 도전을 향해 나아가고 있을 것이 분명하다.

마라톤을 5시간에 걸쳐 완주했다고 해서 2시간에 걸쳐 완주한 사람에 비해 위축될 필요는 없다. 타인은 본받되 행복의 척도로 세우지 말고, 나만의 서버에서 목표를 향해 노력하며 살아보자는 이상적인 생각을 해본다.

72. 구체적인 감사함

♀ : 인도, 바라나시

　늘 주어진 것에 감사하려는 마음을 가지며 살았지만 인도
에 와서 감사함이 많이 부족했음을 느낀다. 이전에 감사하던 마
음이 단순하게 목마를 때 마시는 물의 소중함이었다면 인도에서
의 물을 향한 감사함은 조금 더 구체적으로 변했다. 깨끗한 물
을 마실 수 있다는 것이 굉장히 축복받은 것임을 직접적으로 느
낀 것이다. 인도의 수돗물, 특히 바라나시의 수돗물은 깨끗하지

않다. 분뇨가 떠다니고 매일 같이 화장 의식이 진행되는 강물을 정화하여 물을 공급하다 보니 바이러스가 완전하게 걸러지지 않는다. 파는 음식들도 수돗물을 사용하여 요리하다 보니 어디서나 바이러스에 노출될 수밖에 없다. 전 세계를 돌아다니며 물갈이나 식중독 한번 걸린 적이 없었지만 인도는 달랐다. 바라나시에 도착한 뒤 식중독인지 장염인지 알 수 없는 질병으로 시름시름 앓았다. 기력이 없어 무언가 먹으면 증상이 심해지고 먹지 않으면 기력이 없어 양방향으로 생명력이 사라져 갔다. 습하고 더운 날씨는 병약해진 몸에 더 큰 고통을 주었다.

　시간이 지날수록 차가운 얼음물이 그리워졌다. 우리나라 편의점에서 천 원에 파는 생수가 인도에서는 병자의 생명수가 될 수 있는 것이다. 깨끗한 물의 위대함이 체감되었다. 숨 한번 참아보고 느끼는 공기의 소중함, 목마를 때 물을 마시며 느끼는 추상적인 감사함이 아닌 깨끗한 물이 삶에 제공하는 어마어마한 축복이 직접적으로 느껴졌다.

　마셔도 탈이 나지 않을 깨끗하고 시원한 물을 마실 수 있는 것은 참으로 감사한 일이다. 생채소를 아삭아삭 씹어먹을 수 있다는 것은 오병이어의 기적과도 같다. 깨끗한 얼음을 마주할 수 있다는 것은 조상님의 은덕인 것이다.

봄날의 버드나무

♀ : 인도, 뉴델리

툰트라에는 버드나무가 자랍니다

춘만한 햇발아래 꽃 피우는 평범한 나무이지만
척박한 설한에서도 버드나무는 살아갑니다

혹독한 눈보라를 만난 적도 없는데
봄이 따뜻해서 피웠을 뿐인데

봄날의 버드나무였습니다 저는

오랫동안 여행한 만큼 숙소를 고르는 능력과 경험이 굉장히 뛰어나다는 자부심이 있다. 숙박 앱과 구글맵의 평점과 리뷰를 대조하여 문제가 없다면 숙소의 컨디션이 나쁜 경우는 보기 힘들다. 백 개가 넘는 호텔과 호스텔을 다녔지만 단 한 번의 실패 없이 성공적인 숙소 예약을 이어온 불패의 여행자다. 백전불패의 여행 명장에게 뉴델리는 꽤 힘든 상대였다. 대부분 평점이 낮고 기준에 맞는 숙소가 적었다. 악조건에도 베테랑답게 꼼꼼하게 평점을 체크하여 예약을 마쳤다.

걱정 없이 밤에 도착한 뉴델리의 첫 숙소는 놀라웠다. 직원은 불친절하고 방은 사진과 확연히 달랐다. '다른 호텔에 들어왔나?'하는 의심이 들 정도로 형편없었다. 몇 번이고 리뷰와 평점을 되새기며 착각한 것이 아닌지 확인했다. 세계의 어떤 숙소보다 불친절했지만 놀랍게도 이곳의 평점 중 가장 우수한 것은 '친절한 직원'이었다.

다른 숙소에서 지내보고 나서야 깨달았다. 첫 숙소의 직원은 비교적 친절하고 방은 깨끗한 편이었으며, 적어도 시원하고 물은 잘 나오는 아주 훌륭한 숙소였다는 것을 말이다. 다른 나라의 기준이라면 평점 1점도 과할 형편없는 숙소지만 인도를 기준으로 하면 아주 괜찮은 곳이었다는 말씀.

두 번 연속 실패를 맛본 뒤에야 인도인이 아닌 유럽이나 동아시안이 남긴 리뷰가 진짜 리뷰임을 깨닫고 조건에 추가로 적용하였다.

그러나 그마저도 실패였다. 한국인이 좋은 평점을 남긴 숙소에서도 기준 미달이라는 실패를 맛보았다. 그들도 이미 인도에 적응하여 이 정도면 인도에서 아주 훌륭한 숙소라고 평한 까닭이었다. 인도에 왔으니 인도법을 따르기 위해 나 또한 만족의 기준을 바꾸기로 했다. 마음을 고쳐먹자 방금까지 좋지 않았던 지금의 숙소도 제법 괜찮은 곳이 되었다.

이 정도면 깨끗하지.

이 정도면 시원하지.

기준이라는 것은 행복의 큰 요소인 것이었다.

툰드라에는 버드나무가 자란다. 춘만한 햇발 아래 꽃 피우는 평범한 나무이지만 척박한 설한에서도 버드나무는 살아간다. 나는 나를 강인한 사람이라 생각했다. 쉽게 흔들리지 않고 스스로 통제할 수 있다고 믿었다. 따뜻한 봄에 꽃을 피웠을 뿐인데 툰드라의 혹독한 환경을 이겨낸 버드나무인 것 마냥 자신을 과대평가했다. 목표를 세우면 무엇이든 이루고 해낼 인간이라 여기며

살았고, 과거의 작은 시련을 기억 속에서 크게 부풀려 더 큰 시
련도 이겨낼 것이라는 자만에 빠지기도 했다.

　과대평가 속에서 현실과 이상이 다르다는 것에 괴로웠다. 꿈
과 능력의 차이에서 오는 괴리감에 비관하기도 했다. 남보다는
자신과의 싸움에 집중하고자 했던 마음가짐까지는 훌륭했으나
자신이라는 가상의 적을 너무 높게 설정해 두었다. 매번 깨지고
패배하는 자신과의 약속에서 실망하고 경멸했다. 과도한 기준을
세워 자신을 몰아세웠다.

한계를 인정하고 기준을 바꾸니 오랜 세월 쌓아온 경멸의 퇴적물이 옅어지는 것을 느꼈다. 높은 목표가 발전을 야기하고 동력이 되는 것은 맞지만 굳이 목표를 필요 이상으로 높게 설정할 필요가 없었던 것이다.

인도에서는 굳이 특급호텔이 아니어도 물과 침대만 깨끗하면 괜찮고 행복한 숙소이다. 특급인생을 보내지 않더라도 괜찮고 행복한 인생은 많다. 1성이든 5성이든 상관없이 기준에 따라서 편하고 안락한 숙소가 될 수 있다. 게스트 하우스의 시설은 호텔에 비할 바가 못되지만 다양한 친구들을 사귈 수 있고 특유의 편안한 분위기가 있다. 아무리 좋은 호텔도 갖지 못하는 특별함이 각각 있기 마련이다. 하지만 어느 곳이든 기본적으로 와이파이는 빨랐으면 좋겠다. 가능하면 레이트 체크아웃도 됐으면 좋겠다는 생각이 드는 것도 보니 인생을 호텔로 비유할 때 나는 오래 머물다가 가고 싶은가 보다. 적다 보니 기준이 다시 많아지고 까다로워진다. 어른이 되기엔 아직 욕심이 많이 남았다.

지나갔으니

: 인도, 아그라

인도에서는 상식 밖의 일들이 자
주 일어난다. 우리나라였다면 하루
종일 대화 주제가 될 황당한 사건들
을 매일 마주칠 수 있다. 새치기나
사기는 일상적인 일이기에 크게 신
경 쓰이지 않는다. 자리를 바꿔 달라
더니 나의 자리로 음식을 주문한 뒤
먹고 도망가버리는 할아버지, 가격
협상을 하고 타도 도착할 때가 되니
2배로 가격을 올려버리는 택시기사
등 눈을 질끈 감고 마음을 차분히
가라앉혀야 할 일도 부지기수이다.

또한 습하고 더운 날씨와 함께 끝도 없는 경적소리를 듣고 있자면 익숙해질 만하다가도 한 번씩 명상에 빠진다.

이벤트도 다양하고 창의적이다. 오다가 고장이 나서 3시간 늦게 도착한 버스, 가다가 다시 고장이 나서 고속도로에서 4시간을 서 있었던 방금 그 버스, 다른 손님을 태울 거라며 가다가 갑자기 내리라는 택시, 한국이었다면 컴플레인을 걸었을 일이 한가득이다. 하지만 인도에서는 그러한 생각이 들지 않는다. 언어와 절차를 모르기에 어차피 걸지도 못했을 컴플레인이지만 가능했어도 하지 않았을 것이다.

'여기는 인도다. 알고 있던 상식을 바꾸자. 마음의 평안만이
외부의 고통을 견뎌낼 수 있다. 화를 낸다고 바뀌는 것은 없다.
괜찮다. 나는 지금 덥지 않다.'

되뇌다 보면 실제로 마음이 차
분해진다. 차분해진 마음을 보듬다
보면 한국에서는 너무 쉽게 화를
내고 불평했던 것이 아닌가 반성이
된다. 내리기 전에 먼저 지하철을
타려는 사람, 에스컬레이터 왼쪽에
서있는 사람, 불친절한 카페 주인
등 작은 일이라 넘어갈 수 있음에
도 필요 이상으로 화를 냈던 것 같
다. 교정이 필요한 사회 규범이나
매너인 것은 맞지만 혼자 화를 낼

필요까지는 없던 것이다. 그날따라 바빴을 수도, 잠시 실수했을
수도, 개인적으로 좋지 않은 일이 있었을 수 있기에 충분히 이해
할 수 있었다.

화를 낸다고 해결되는 것도 없었다. 버스가 고장나면 그저 고속도로 한복판에 누워 별이나 실컷 보는 것이 최선이었다. 무더운 공기가 시원해지는 기분을 느낄 뿐이었다. 그들이 부주의했거나 시스템이 미비하여 일어난 일이지만 그들도 이러한 상황을 원하지 않았을 것이다. 또한 느리긴 해도 상황을 수습하기 위해 노력하고 있었다.

고장이 났던 버스는 늦어진 시간만큼 빠르게 도착하기 위해 마을에 들어서자 역주행을 했다. 그들이 해결하고자 한 역주행이라는 방법은 수많은 타인에게는 또 다른 불편함이 되었을 것이다. 이렇듯 불편함과 상식 밖의 일들은 돌고 돌아 모두에게 피해가 가고 있었다. 그들이 원했든 원하지 않았든 피해와 불편을 함께 나눠 받으며 익숙한 듯 살아가고 있었던 것이다. 어쩌면 저들은 피해와 불편이라 인지하고 있지 않을 수도 있다. 인도인의 삶을 지켜보다 보니 약간의 부당한 손해도 보기 싫어했던 한국에서의 삶에 여유를 가져볼까 하는 생각이 들었다. 조금 부당하고 불편하면 어떠겠는가. 어찌 되었든 버스는 출발했고 잘 도착했다.

다 지나갔으니 하는 말이다.

♥ : 호주, 시드니

    인도에 오기 전 악명을 모르는 것이 아니었다. 더럽다. 시끄럽다. 사기가 난무하다. 덥다. 미세먼지가 많다. 게다가 비자도 따로 신청해야 했다. 하지만 수많은 악조건에도 내키지 않는 발걸음을 내디뎌야 했다. 이것은 의무이다. 세계여행을 했다고 말하는 자가 인도를 빼먹었다는 것은 판다 없는 에버랜드, 장작 없는 캠프 파이어와 다름없었다. 월미도에서 무섭다고 바이킹을 타지 못한 것이요, 매운 짬뽕을 먹으며 너무 맵다고 고백하는 것과 같은 치욕이었다. 인도를 가지 않는다면 후일 '너의 여행은 꽃길이었으며 도전은 도외시한 아주 평화로운 휴가였구나.'라며 박한 평가가 남을 것 같았다. 몇 번이고 마음을 접었다가 궁지에 몰려 인도행을 결정하게 되었다.

여행자 중에는 인도를 그리워하는 사람들이 많다. 인도만의 특유의 매력에 빠졌다고 말한다. 그러나 나는 인도가 조금도 그립지 않다. 다시 떠올려도 여전히 시끄럽고 더운 날씨가 몸을 감싸온다. 셀 수 없이 많았던 사기꾼과 호객행위로 인해 짜증 났던 기억들만 생각한다. 거짓말이 들통나도 한점 부끄러움 없이 뻔뻔하기만 하던 표정을 생각하면 여전히 분노가 차오른다.

다만 인도가 주었던 결핍만은 그립다. 결핍이 그립다니 역설적이고 배부른 소리이다. 알 수 없는 질병으로 온종일 아프고 고통받았던 어둡고 낡은 침대 위의 기억, 몸을 갉아먹는 무더위, 귀에 때려 박히는 끝없는 경적 소리로 인해 인내하고 명상해야 했던 시간, 위생으로 인해 음식 한 번 안심하고 못 먹던 불안전한 청결의 결핍이 떠오른다. 그때마다 고국의 깨끗한 물과 청결한 거리와 친절했던 당신에게 감사했다. 풍요의 매너리즘에 빠져 점차 망각하던 일상에서의 소소한 행복을 다시 느끼게 해주는 결핍이었다.

꿈은 크게 갖되 현재 주어진 것에는 만족할 줄 아는 사람이 되고 싶었다. 당연하다고 생각했던 것들의 결핍을 처음 알려준 곳은 군대였다. 무더운 날 차가운 물이 없을 때, 매섭게 추운 날 따뜻한 물로 샤워를 할 수 없을 상황에 놓이면 당연하다고 생각했던 것들은 아주 소중한 것이 되었다. 매일 아침 6시에 벌떡 일어나야 하는 환경에 맞닥뜨리면 침대에서 10분만 더 잘 거라고 결정을 내릴 수 있는 자유는 프랑스가 혁명에서 얻은 자유에 버금갈 만한 것이란 걸 깨닫는다. 콜라와 초코파이가 그렇게 달콤하다는 것도 컵라면이 그토록 눈물 나게 맛있었는지도 결핍의 순간에서야 알게 되었다.

어느날 시원한 바람에, 고요한 하늘에, 차가운 얼음에 행복하지 않다면 기꺼이 인도를 그리워하려 한다. 그리하여 나는 지금 인도가 그립지 않다. 글을 적을 수 있고 하늘을 볼 수 있고 꽃의 향기를 맡아볼 수 있어 인도가 그립지 않다. 적당한 온도에서 쾌적한 공기와 함께 잔잔한 음악을 들으며 아이스 커피를 시원하게 마시는 지금 이 순간이 눈물 나게 행복하여 인도가 그립지 않다. 나는.

♀ : 인도, 뉴델리

　　인도인은 쿨하다.

　　오토바이가 택시를 무리하게 추월한다. 택시는 오토바이를 미처 보지 못했는지 뒷부분을 박아버리고 오토바이는 멀리 밀려 나갔다. 택시 기사가 손을 흔든다. 오토바이 운전자도 미안하다 며 손을 든다. 만나면 반갑다고 뽀뽀뽀를 하듯 인사를 마치고 자 연스레 가던 길을 간다. 그제야 도로에 멀쩡한 차가 없다는 것을 발견한다. 대부분의 차가 찌그러지고 긁혀있다. 블랙박스는 존재 하지 않는다. 인도인은 쿨하기 때문이다.

인도인은 운전을 잘한다.

운전할 때 스마트폰을 보지 않는다. 끼어들기와 경적이 난무하는 전쟁 같은 도로에서 오직 앞과 옆만 본다. 한눈을 파는 순간 앞으로 수대의 차가 지나갈 것이며 역주행을 하는 차도 있다. 집중하지 않으면 사고가 날 것이다. 액셀과 브레이크에 모든 신경을 집중한 인도인은 운전할 때 스마트폰을 볼 수 없다. 참된 운전 습관이다.

인도인은 정신력이 강하다.

델리에서 새벽 4시 비행기를 타기 위해 자정이 조금 되기 전 공항에 도착하였다. 평소에는 출발 시간보다 2시간 전에 도착하는 공항이지만 인도는 무슨 일이 벌어질지 몰라 4시간 전에 도착했고 새벽임에도 공항은 엄청난 인파로 북적였다. 체크인을 위해 기다리는 동안 피로와 더위로 지쳐갔다. 그러나 기다리고 있는 뒷열의 인도인들의 눈은 여전히 반짝였다. 피곤해 보이는 기색 하나 없이 말똥말똥 눈을 뜨고 줄어드는 대기열을 보고 있을 뿐이었다.

인도인은 자비롭다.

비행기 체크인을 위해 기다리던 중 갑자기 출구 쪽에서 한 가족이 당연하다는 듯 새치기를 했다. 이미 지하철이나 일상생활에서 자주 본 광경이지만 적어도 공항에서는 저지될 것이라 예상했다. 나는 또다시 인도를 과소평가했다. 아무도 새치기를 신경 쓰지 않았다. 대부분 잠깐 쳐다보고 말았다. 이미 몇 시간을 기다렸음에도 묵묵했다. 직원은 일만 하면 차례는 상관없다는 듯 새치기 가족을 바로 받아주었다. 인도인은 정말 자비롭다. 그들이 참을 수 있는 이유는 무엇이었을까?

델리에서 출발한 비행기가 도하에 도착했을 때 일부 인도인 3명이 여권 검사 카운터에서 다시 새치기를 시도하였다. 그러나 도하 공항에는 인도인보다 외국인이 많았고 그들은 모두 군중들에게 비난받았다. 비난에도 꿋꿋한 인도인이었으나 카타르의 직원은 인도인이 아니었기에 무자비했다. 대기열로 돌아가서 기다리라는 직원의 지시를 듣고 나서야 뒤로 돌아가는 인도인이었다. 자비롭지 못한 외국인들은 욕까지 섞어가며 인도인을 비난한다.

인도인은 음료를 좋아한다.

기내 음료 서비스가 시작되고 30분이 지났으나 여전히 음료 카트는 저 멀리 있다. 앞에 앉은 모든 승객들이 엄청나게 마셔대고 있었다. 마시고 곧장 즉석에서 리필을 받는다. 카트에는 바카디를 비롯한 초록색 독주들이 빈병이 되어간다. 아, 인도의 비행기는 술집이구나.

인도의 아버지는 자상하다.

유튜브를 보던 작은 아이는 인터넷이 끊기자 아버지에게 담요를 던지고 논다. 아버지는 아이의 담요를 공놀이 삼아 이쪽저쪽 던져댄다. 아이가 까르르 웃으며 좋아한다. 매우 시끄럽지만 자상한 아버지는 신경도 쓰지 않고 아이와 놀아준다. 앞자리에 앉은 백인은 해탈했는지 이미 평온하다. 그의 평정심이 부럽다. 자비롭지 못한 한국인만 신경이 곤두설 뿐이다. 자비로운 아버지는 마침내 비어있던 나의 옆자리까지 와서 담요를 던지며 논다. 고행이 시작되었다. 주의와 부탁을 했지만 잠시 뿐이다. 기내식이 제공되자 인도인 아버지는 맥주에 바카디와 사과주스까지 주문한다. 음료를 놓을 공간이 적어지자 나의 옆자리 테이블을 펴고 차곡차곡 올려 두었다. 식사가 끝난 뒤 차례로 받았던 음료 4컵을 나의 옆자리에 쌓아두고 자신의 자리로 돌아갔다. 자식에게는 자애롭지만 남에게는 무자비한 아버지였다. 난관이 많은 비행이구나. 난기류가 점점 심해진다. 난이 맛있어서 난기류가 많은가 보나. 난데없이 난과 난기류의 유사성을 찾는 이유는 현재의 난 정신적으로 피폐하다는 것을 입증한다. 난처하구나.

인도인은 로또다.

인도의 관광지에서 당신에게 말을 거는 사람은 크게 두 가지로 나누겠다. 첫째, 바가지를 씌우고 싶다. 둘째, 사기를 치고 싶다. 이동수단이든 물건이든 가격을 물었을 때 기존 시세보다 2배 비싼 가격을 불렀다면 양심적인 편이다. 시세에 10배까지 부르는 야심찬 거상도 있다.

세계에서 가장 친화적인 나라인 인도에서는 하루에 수백 명이 인사나 말을 건다. 그중 정말 순수하게 말을 걸거나, 실제로 도와주기 위해 말을 거는 인도인은 흔치 않다. 경솔하게 개인적인 경험으로 통계를 내보자면 100명 중에 2명 꼴이다. 로또 5등의 확률이 3%이므로 인도의 거리에서 당신을 순수하게 도와주기만 하고자 하는 사람을 만난다면 그대는 최소 로또 5등에 당첨된 것이다. 그 사람이 사기꾼인지 아닌지는 마지막까지 가봐야 알 수 있다. 로또도 토요일 밤에나 당첨사실을 알 수 있으니 같은 이치이다.

이른 새벽 타지마할 앞에서 만난 할아버지는 착한 인도인이었다. 동네 지역 주민같이 보였으며 타지마할이 개방되기까지 기다리는 20여 분간 입장 시간과 방법 등을 알려주었다. 입장문이 열리자 친절하게 마스크와 덧신이 있냐고 물었다. 타지마할은 경건한 곳이라 마스크와 덧신이 꼭 필요하다는 것이었다. 타지마할 입구 앞에서 파는 것은 모두 사기라는 주의가 떠올라 필요 없다고 했다. 20분가량 쌓아놓은 신뢰가 바탕이 되어 하마터면 정말 살 뻔했다. 우리 일행이 그냥 들어가려고 하자 다급해졌는지 팔을 잡았다. 본색이 드러난 것이다. 친근했던 표정은 교활한 사기꾼의 얼굴로 변해있었다. 과연 반전영화의 한 장면이었다.

반대로 늦은 밤 버스가 3시간 연착됐을 때 함께 기다려주고 도와준 젊은 친구들은 끝까지 좋은 이들이었다. 대화는 잘 통하지 않았지만 디저트도 나눠주고 버스 기사와 힌디어로 전화해주며 나를 안심시켰다. 경계심으로 인해 그들에게 마음을 늦게 열게 되어 미안하고 아쉬웠다.

인도의 아기는 특별하다.

세상에 예쁘지 않은 아기와 아이가 어디 있겠냐만 인도의 아이들은 유독 더 귀엽다. 특히 3살부터 6살가량의 아이들은 정말 사랑스럽다. 약간의 구릿빛 피부와 똥그랗고 반짝이는 눈망울로 쳐다볼 때면 절로 웃음이 지어진다. 아장아장 걸어 다니는 아기뿐만 아니라 말을 튼 아이들도 무척이나 귀엽다. 아빠, 엄마에게 떼를 쓸 때나 신기한 것을 보았을 때 힌디어로 말하는 억양에서 넘치는 호기심이 묻어 나온다. 예전 〈웰컴 투 동막골〉이라는 영화에서 강혜정 배우가 말하는 톤과 비슷한 느낌이다. 인도의 어른들이 나를 빤히 쳐다보듯 아이들도 눈을 잘 피하지 않는다. 보통 한국이라면 아이들이 부끄러워하거나 낯을 가려 엄마 품에 숨고는 하는데 인도의 아이들은 큰 눈망울로 계속 바라보는 경우가 많다. 기내에서 한 시간이 넘도록 나를 괴롭힌 아이에게도 화를 낼까 고민하다가 장난기 가득한 귀여운 얼굴을 보고 포기한다.

인도는 억울하다.

인도의 총 GDP는 우리나라보다 높다. 대도시의 도심에는 다른 나라와 다름없이 좋은 백화점이 있고 시원하고 깨끗한 스타벅스가 있다. 다만 빈부격차가 매우 크고 1인당 GDP가 낮아 스타벅스를 이용할 수 있는 인도인의 비율은 아주 낮다. 세계 어디에나 있는 빈부격차이지만 인도의 빈부격차는 누가 봐도 가장 커 보이고 빈곤층이 굉장히 두텁다. 다른 나라에서는 특정 구역 또는 시골 마을에서나 볼 수 있는 빈곤층을 인도에서는 어느 지역에서나 볼 수 있고 그들이 주를 이룬다. 여행자가 자주 가는 지역들인 빠하르간지, 바라나시 같은 곳이 도시 내에서 낙후된 점을 감안해도 타 도시들의 빈곤층도 다른 나라에 비해 비율이 압도적으로 높다. 나는 외국인으로서 인도의 좋은 곳만 가고 깨끗한 곳에서 식사를 할 수 있는 호사를 누릴 수 있었으나 사서 고생을 한다는 인도에서 스타벅스라는 사치를 부리고 싶지는 않았다. 유독 인도에서만 힘든 여행지를 골라서 가고 인내한 뒤 인도는 더럽고 고되다고 말하니 인도 입장에서는 억울할 수도 있겠다. 게다가 고작 3주 정도의 여행으로 인도의 부정적인 정의를 내렸다는 것이 부적절할 수도 있다. 경솔한 속단과 생각을 언젠가 인도관찰기를 읽을 나의 인도 친구가 부디 이해해 주기를 바란다.

77. 숨

♀ : 호주, 시드니

숨을 쉬고 있다

여름이 좋든 겨울이 좋든, 좋아하는 색이 노랑이든 보라이든

가장 중요한 것은 숨을 쉬고 있다는 것이다

들숨이 있어 꿈을 꿀 수 있었고 날숨이 있어 포기할 수 있었다

좋아해서

♀ : 태국, 치앙마이

아기와 강아지와 고양이가 좋다
길가에 핀 꽃이 좋고 풀내음이 좋다
어스름한 노을빛이 좋고 살랑이는 바람이 좋다

좋아하는 것이 많아 행복할 일이 많다
그중 가장 행복한 것은 당신을 좋아하는 일이다

　　나는 강아지를 좋아한다. 꼬리를 흔들며 여기저기 냄새를 맡고 다니는 강아지를 보면 행복해진다. 여행 중에는 주인 없는 길 강아지도 자주 만날 수 있는데 밤에는 가끔 공격성이 있어 주의해야 하지만 낮에는 대부분 사람을 잘 따르거나 겁도 많다. 비록 주인이 아니어도 길 강아지에게 간식을 주고 먹는 것을 봐도 충분히 행복하다. 어릴 때 강아지를 키우고 싶은 마음이 컸지만 지금은 애완동물에게 가져야 하는 책임감을 더 크게 체감하고 있어 키우고 싶다는 욕심이 많이 사라졌다.

　　나는 고양이도 좋아한다. 길 고양이들 중에는 사람을 좋아하고 잘 따르는 개체들이 있는데 와서 애교를 부리는 것을 보면 정말 귀엽다. 호스텔이나 게스트 하우스에서 키우는 고양이들은 모두 사람을 좋아해서 들어간 숙소에 고양이가 있다면 짐을 풀자마자 고양이와 놀고는 한다.

아기는 더더욱 좋아한다. 머리, 몸통, 다리로 이루어진 3등신이 아장아장 걷는 모습은 너무나도 귀엽다. 꺄륵하는 웃음소리나 얼굴을 보면 큰 미소가 나와 얼굴을 도저히 제어할 수 없다. 저렇게 작고 귀여운 것이 나를 보며 웃는다는 것은 경이로울 정도로 사랑스럽다. 자신의 아이가 아님에도 이 정도의 행복감을 느낄 정도이니 나의 아이가 웃었을 때의 행복감은 계산하기가 어렵다.

길가에 핀 꽃은 얼마나 좋은가. 풋풋한 풀내음과 살랑이는 바람이 좋다. 산의 정상을 동경하며 바다의 파도소리에 마음이 평온해진다. 어스름한 노을빛도 좋고 청청한 하늘이 좋다.  보글보글 끓고 있는 부대찌개를 보면 먹기 전부터 행복해진다. 피자에 들어 있는 늘어지는 치즈는 생각만으로도 행복하다. 생맥주의 보송한 거품이 좋고 캔맥주를 딸 때의 경쾌한 소리도 좋다. 좋아하는 것을 하고 보고 먹는다는 것은 행복한 일이다. 나는 좋아하는 것이 많아 행복하다. 여행을 하며 좋아하는 것을 더 많이 알 수 있게 되어 다행이다. 여행을 하지 않더라도 일상 속에서 다양한 것을 시도해보고 더 찾고 싶다. 삶이라는 것을 고난이 연속된 여행이라 말한다면 행복이라는 정거장이 많은 여정으로 만들고자 한다.

79. 흔적

: 뉴질랜드, 사우스랜드

　여행을 할 때에는 눈보다는 귀와 코를 여는 것이 좋다. 마음의 깊은 감동은 눈으로부터 오지만 시각의 기억은 생각보다 빠르게 잊힌다. 잊고 싶지 않은 풍경이나 거리를 마주하게 되면 카메라보다는 음악을 먼저 찾는다. 눈으로 들어오는 감동과 함께 알맞은 음악을 함께 들을 때면 떡국 위 후추 같이 좋은 향신료가 된다. 노래로 흔적을 남기는 것이다. 누군가는 여행지마다 공항에 도착하면 새로운 향수를 뿌리기도 한다. 그리고는 그 향기를 맡았을 때 각 여행지의 모든 기억과 향수가 떠오르는 것이다. 나는 청각보다 후각이 예민한 사람이기에 첫 여행 때 후각을 이용하는 방법을 몰랐다는 것이 조금 아쉬우나 청각만으로도 추억을 되새기기에는 충분하다.

　나는 재주 많고 커피를 좋아할 것 같은 소년들이 부르는 짙은 노래를 좋아한다. 김눈물 같이 아직 유명하지 않은 가수의 보석 같은 노래를 찾는 것도 또 하나의 작은 취미이다. 하지만 이러한 음악을 좋아하는 사람은 많지 않기에 지인들과 여행을 갈 때 선곡자에서 늘 탈락한다. 다 같이 신나는 분위기에서 빠른 비트의 음악으로 흥을 돋우지만 나의 플레이리스트에는 눈치 없이 잠들기 딱 좋은 음악들이 주를 이루기 때문이다.

좋아하는 노래들이 대부분 유명하지 않은 덕분에 스스로 잘 묻어둔다면 거리에서 들을 기회가 잘 생기지 않는다. 시간이 지나 어느 날 우연히 다시 듣게 되면 당시 여행지의 풍경과 감동이 그대로 들어오는데 마치 하늘을 날며 다시 여행을 하고 있다는 기분이 그대로 들어올 정도로 감격스럽다. 첫 해외여행으로 캐나다에서 들었던 노래, 회사에 휴가를 내고 벅찬 마음으로 유럽으로 향했을 때, 짧은 휴가를 마치고 아쉬운 마음으로 돌아올 때 등등 다양하고 복잡한 상황의 감정들이 향수같이 스며드는 음악들이다. 추억의 노래들은 겹겹이 쌓여 추억을 깊게 누른다.

그 노래를 들을 때면 경이롭던 풍경이 펼쳐진다. 숲 속 사이로 흐르던 햇살이 보인다. 당신이 웃고 있던 모습이 떠오른다.

잘 태어나셨습니다

♀ : 뉴질랜드, 로토루아

　나는 아직 아이를 낳을 수 있는 자격을 부여받지 못했다. 물론 그런 자격증은 없다. 자식을 왜 낳아야 하냐는 질문에는 애초에 답이 없기에 답을 찾을 수 없다. 답이나 자격증이 있었다면 나는 세상에 존재할 수 없었으며 이 글을 쓸 수도 없었을 것이다.

순리로 인정하기로 했다. 꽃이 피거나
열매를 맺는 것은 자연의 당연한 섭리이기에
'아이를 낳아야 하는가'라는 물음도 이유를
찾기보다는 사과나무가 사과 열매를 맺듯 당
연히 받아들여야 하는 삶의 과정이었다.

삶은 꽃이요, 아이는 피운 꽃의
열매이다. 자신이 사과나무가 아닌
무화과라면 태어난 것만으로도 가치
는 충분하다. 무화과는 꽃을 열매안
에 피워놓았기에 '나'라는 열매만으
로도 모자람 없이 아름다운 것이다.
그럼에도 훗날 나에게 자식이라는
열매를 맺을 기회가 오고 그 열매가
자신을 왜 낳았냐는 똑같은 질문을
한다면 세상에는 불행한만큼 즐겁고
행복한 일도 많다고 말해주고 싶다.

그토록 갖고 싶었던 컴퓨터가 집에 온 날의 환희, 탈진할 정
도로 운동한 후 벤치에 누워 하늘을 보는 기분, 고등학교 친구들
과 롤러코스터를 타고 소리 지르며 놀았을 때의 즐거움, 대학교
첫 MT에서 붉은 숯이 밤새 타오르던 야외 바비큐의 추억, 시험
과 취업에서 합격 연락을 받았을 때의 쾌감, 좋아하는 당신과 처
음 입술을 맞췄을 때의 두근거렸던 심장이 있었다.

영화관에서 〈트랜스포머 1〉을 처음 봤을 때의 놀라움, 윤종
신의 〈좋니〉를 들었을 때 뭉클함, 튀르키예에서 카이막을 처음
먹었을 때의 새로움, 취업 후 힘든 하루를 보내고 집에서 혼자

어묵탕에 소주를 한 잔 했을 때의 후련함과 첫 해외여행의 설렘 같이 작고 사소한 행복이 차곡차곡 쌓여 있었다.

정신적인 빈곤이 만연한 현대 사회이지만 물질적으로는 즐길 수 있는 것이 어느 때보다 많다. 오랫동안 참은 계란프라이가 더 맛있듯 고통과 고뇌를 견디고 이겨내며 삶 속에서 행복을 찾아가는 과정을 즐길 수 있다면 태어났다는 것은 꽤 괜찮은 일일지도 모른다. 삶은 고통이라는 순리 속에서 행복을 찾아가는 방향을 그대에게 제시해주고자 한다.

너, 잘 태어난 거야.

폐역

♀ : 대한민국, 춘천

어느 날의 기차역에서는

스무 살의 푸른 봄이 철길을 걸었다

미래의 시가 될 기차가 지나간다

별이 떨어진다

봄이 끝나다

폐역의 어느 날에는

녹슨 철길과 흩어진 돌무리

당신과 내가 걸었던 지난 봄의 발자취가

고스란히 남아있다

아직 어른이 되지 못했습니다

♀ : 대한민국, 서울

호기심이 많은 성격은 아니다. 하지만 평생 따라다닐 삶의 물음에 답하지 못하면 언젠가 후회하고 불행할 것 같았다. 왜 태어났으며 무엇을 위해 살아야 하는지, 하고 싶은 일이 무엇이고 꿈은 무엇인지, 어떻게 살아야 행복한 것인지, 결혼은 해야 하는지, 아이는 왜 가져야 하는지.

당장 내일의 먹거리가 고민이던 시절도 있었건만 현대 사회의 고민과 불행은 고목나무의 뿌리처럼 퍼져 다양해졌다. 운이 좋아 모진 풍파를 겪어 본 적도 없지만 부끄럽게도 미래의 후회를 물으며 살아왔다. 세계여행을 하면 기나긴 인생의 질문의 답을 찾을 수 있을 것 같던 이유 없는 자신감은 무엇이었을까. 세계여행을 끝나고 돌아오는 지금까지도 하고 싶은 일을 모르겠고 꿈은 찾지 못했다. 돈을 많이 벌고 싶다는 것 정도는 알겠다.

삶을 향한 수많은 질문에 무엇도 대답할 수 없음을 깨닫게 되었다. 과거의 잘못하고 반성했던 행동을 내일도 반복할 것이고 어떻게 살아도 과거는 후회할 것이다. 최고의 선택을 하고 오늘을 아무리 잘 살아도 차선의 선택을 하지 못한 일말의 아쉬움은 늘 남을 것이다. 후회하지 않는 삶을 살겠다는 것은 어리석은 다짐이었다. 인생은 한 가지의 길만 갈 수 있기에 짜장면을 주문하면 짬뽕이 아쉽듯 후회는 자연스레 따라오는 것이었다. 인생에는 짬짜면이 없다.

많은 사람들이 물었다. 회사를 그만둔 것이 무섭거나 후회되지 않느냐고? 나는 후회한다. 회사를 다니며 안정된 생활에서 가정을 꾸리고 어쩌면 좋은 부모가 될 수 있었던 기회를 포기한 것을 후회한다. 부모님에게는 더 좋은 자식이 되지 못한 것이 후회가 된다. 하지만 여행을 하지 않고 삶에게 더 이상 질문하지 않았더라면 훗날 평생 후회했을 것 같다. 어느 쪽도 후회가 될 수밖에 없는 삶의 과정이었음이 터널을 지나고 나니 보인다.

삶에게 답 없는 질문만 해오며 고뇌했던 그대에게 수고했다는 과찬을 전한다. 눈을 뜨게 해준 하루의 시작과 주어진 시간에 감사하며 행복하게 살고 싶다.

과거를 적당히 후회하고 미래를 적당하게 걱정하겠다. 어느 날에 찾아올 불행한 나날도 잘 견디고 이겨내길 바란다.

언젠가 어른이 되면 지난날의 발자취를 기쁘게 돌아보길 희망한다.